Die Erinnerung des Raben

AF219725

Dieter Scheidig

Die Erinnerung des Raben

Oder: Nur der Schein trügt nicht

Novelle mit 31 fast gänzlich unnützen Anmerkungen

Bibliografische Information der Deutschen Nationalbibliothek:
Die Deutsche Nationalbibliothek verzeichnet diese Publikation in der Deutschen Nationalbibliografie; detaillierte bibliografische Daten sind im Internet über http://dnb.dnb.de abrufbar.

Lichtbilder und Umschlaggestaltung des Ein-bandes: Dr. Dieter Scheidig

Zeichnung des Titelbildes: Corina Groß

Alle Rechte beim Autor

Herstellung und Verlag: BoD – Books on Demand, Norderstedt

ISBN: 978-3-7562-1539-3

Dem guten Angedenken meines Vaters:

GERHARD HELMUT SCHEIDIG

20. 05. 1931 – 10. 07. 2000

geb. zu Rudolstadt – Volkstedt, Kleine Gasse

gest. in seinem Vaterhaus in Rudolstadt, Am
Rosengraben

R.I.P.

Ich habe meine Jahre gezählt und festgestellt,

dass ich weniger Zeit habe, zu leben,

als ich bisher gelebt habe (...).

———

Aus: Meine Seele hat es eilig.

Mario de Andrade (1893-1945)

Die Erde ist so groß,

dass eine Menge Narren

nebeneinander darauf Platz hat.

———

Adolph Freiherr von Knigge

Vorbemerken des Autors

Es gibt noch heute märchenhaftes! Und unwahrscheinlich erscheinendes! Ob nun die Erlebnisse der betulich oder rasch erzählenden Leute echt und wahrhaftig, oder nur ihrer mageren Phantasie entsprungen, scheint indes dabei fast gleichgültig: Ich glaube jede Spukgeschichte, welche mir erzählt wird; ich weiß, dass die Welt unsere Vorstellung ist.

Und da nun glaube ich nicht konsequent, um mit Schopenhauer zu sprechen, wenn man den Aufwand betriebe und aus jedem „Kopp" die grau-blutige Gehirn-Grütze herausklopfte, durchaus nun auch prompt unser liebwerter Heimat-Planet verschwinden würde ...

Das folgende Stück ist auch ein wenig Grand Guignol, vielleicht zu sehr grotesk-triviales Grusel- und Rührstück. Auch Komödie enthält es. Das mag aber dann, am Ende der Zeilen und des Stücks angelangt, der geneigte Leser für sich selbst entscheiden. Mir jedenfalls ist die Geschichte in Dänemark ein- und „ausgefallen". Eine Interference war es, die diesen Plot in meine Wahrnehmung rücken ließ: Das laute Krächzen von Raben! Vielleicht das laute Krächzen von Raben ...

Der englische Begriff der Interference bedeutet Störung oder Einmischung:

Ja! Das Element des Überraschenden, Novellistischen ... Unwirklichen! Ist das Wirkliche die Wahrheit?

Ist das Wirkliche das Wirkliche? Heideggersches Verwirrspiel! Ich nun glaube, dass es der Autor unter allen Neu-Schöpfenden am schwersten hat: Schreiben kann in unseren Breiten nämlich jeder, es ist geradezu eine fast unmittelbar gegebene basale Kulturleistung ohne nennenswerten Beachtlichkeitsanspruch. Wo ist der „Mehrwert" des Schreibenden?

Wo und worauf basierend, ragt diese Kunstform heraus... bei einem originellen, gleichwohl modernen Musikstück fällt die Beurteilung in die wertenden Kategorien „Scheiße" oder „Trefflich" leichter ... bei Plastik und Malerei wohl auch ...

Wenn der Autor seltenerweise sensibler „Semaphor[1]" (ich bin es nicht), mag das Urteil unschwer sein. Ein gutes Philosophenwort leicht verändert: Ein Autor hängt nicht von einem Autor ab, „(...) sondern hängt, wenn er denkt, dem zu Denkenden an. Die Kleinen dagegen leiden lediglich an ihrer verhinderten Originalität und

---

[1]Zeichentelegraph des 19. Jahrhunderts, der mit optischer Übertragung funktionierte; hier im Sinne von „künftiges vorausnehmend" gebraucht.

verschließen sich deshalb dem weither kommenden Ein-Fluß."[2]

Doch um die geheimen Dornen des Seins weiß nun jeder, der nicht oberflächlichen Schlagerweisheiten wie: „... und irgendwie ist alles ok ..." (Originalton der Gruppe Nena, um 1985, durchaus damals flott und glaubhaft gesungen) anhängt und diese heftig nickend und blöde nachspricht, selbst am besten ... Jeder weiß ob dieser Dornen, der im Alltag und Jetztzeit fremdelt, nicht in Beruf oder sozialbeachteter gesellschaftlicher Stellung im fetten Austernleben[3] und Bauchdienst souteniert[4], nur wenig „Wokeness"[5] hat und nicht prompt auf die Knie fällt, um all dieses Lebensweltliche nun aus der Echokammer seines Gebets-Kartons ehrfürchtig anzubeten.

---

[2]Heidegger, Martin: Was heißt denken? Recclam. Stuttgart. S. 59
[3]Hölderlin, Friedrich: „Und darum fürchten sie auch den Tod so sehr, und leiden, um des Austernlebens willen, alle Schmach, weil Höheres sie nicht kennen als ihr Machwerk, das sie sich gestoppelt." Hyperion
[4]Soutenieren: Erfolg haben.
[5]Wokeness: So hieß um 2020 das politische Bewusstsein für das „Richtige" (Das Richtige gibt selbstverständlich der Mainstream und die Mediokratie vor! Der Autor hatte es nie, seine Helden kaum ...

Der Südwesten der dänischen Insel Sjeland nun steckt voller unerforschter Hinterlassenschaften der Bauernsteinzeit. Bestes Beispiel ist die beim Pflügen in der Moorlandschaft von Trundholm 1902 entdeckte Skulptur der älteren Nordischen Bronzezeit: einen Sonnenwagen. Er beflügelt bis heute die Phantasie von Archäologen und interessierten Laien.

Bei der weiblichen Hauptprotagonistin dieser Erzählung, Liane Kroyer, welche sich übrigens im Moment dieser Niederschrift einer noch immer harmonischen Partnerschaft ohne liebestötenden Ehealltag, bester Gesundheit, heiterster Laune und zweier munterer Kinder (übrigens Zwillinge!) erfreut, mag wie bei allen intelligenten, klugen und dadurch manchmal ein wenig kompliziert und komplizierend erscheinenden „Frauenzimmern" der Spruch indes sehr gültig erscheinen: Je größer die Insel des Wissens, desto länger die Küste der Verzweiflung und Gefahr. Aber auch das Rettende. Das wächst nämlich.[6]

Der Niederschreiber dieses Plots, im Jahre 2020

---

[6]Hölderlin, Friedrich: „Nah ist, und schwer zu fassen der Gott. Wo aber Gefahr ist, wächst das Rettende auch. Patmos, 1803

Liane Kroyer

Liane Kroyer sah eigentlich gut aus. Wenn man sie von der richtigen Seite betrachtete. Zum Beispiel von hinten! Ein Positionswechsel des Beobachtenden machte sie allerdings vom römischen Herrscherinnenportrait zur leicht lächerlichen Figur ...

Aber es blieb ihr indes sehr hübscher Jeans – Po im Erwachsenenalter wirklich für jeden heterosexuell empfindenden Mann eine echte, sinnliche Rechnungs-größe und optische „Hinschau"-Herausforderung. Echt und wirklich! Sozusagen die Wirklichkeit des Wirklichen!

Liane hatte es schwer! Als Kind in fast jedem Fall und jeder Situation, auch später als adultes Exemplar! In den Haushalt des charakterschwierigen Kriminalpolizisten Sigurd Kroyer und seines Eheweibs Anfang der 1980er geboren, waren kleine Unglücksfälle und Hemmnisse vorprogrammiert:

Das Einzelkind Liane entsprach nicht seines, Sigurds, optischen Erwartungen. Übrigens, Liane entsprach auch nicht ihren eigenen Erwartungen. Linda-Liane hatte ein dem Fremdbetrachter kaum auffälliges Hängelied, eine Ptosis, eine Ptose ... Nennt es doch, wie ihr wollt: eine Schädigung der Lidmuskulatur oder deren zugehöriger Nervenstränge.

Im Vorschulalter wurde bei der gar sehr zierlichen und untergewichtigen Liane versucht, das hängende linke Oberlid operativ anzuheben. In der nahen sächsischen Universitätsstadt ging das durchaus schief, die ausführende medizinische Kapazität, welche den sogenannten Lidhebemuskel korrigieren sollte, zuckte unter Vater Sigurds Schreianfall nur resigniert mit den Schultern und wandte sich ab. Nur die „Parteizugehörigkeit" und noch etwas anderes[7] schützte Sigurd vor späteren Negativergebnissen dieses Wutausbruches in der „Klinik für plastische und wiederherstellende Gesichtschirurgie".

Kindhaft unbeholfen noch, versuchte Liane die verminderte Sicht aus der verkleinerten Lidspalte zu verbessern: Ihre aristokratisch anmutende Kopfhaltung mit fast krankhaft erhobenem Kinn entstand bereits im Kleinkindalter und wurde von ihr mißwollender Umgebung als eitler Stolz gedeutet. Erhält oder enthält das infantile Erleben bereits die Schädigung?

Die frühesten Kindheitserinnerungen von Mini-Liane waren die durch Vaters Schlechtlaunigkeit verpatzten Weihnachtsabende und die dick mit Binden umwickelten

---

[7]Sigurd war damals bereits seit vier Jahren „informeller Mitarbeiter" der Stasi, des Ministeriums für Staatssicherheit ...

Beine der im elterlichen Haushalt lebenden adipösen Mutter Sigurds, ihrer geliebten Omi.

Und auch die schwarze, kleine Rabenfigur aus der Mitte der 1930er, karikierend-lustig aus Pappmache und Stoff gefertigt, immer in dem Glasteil des Art-Deo-Stubenbuffets von Großmutter stehend, neben den leicht verstaubten, winzigen Schnapsgläsern und der dicken Karaffe, welche beide mit bunten Emaille-Farben bemalt waren.

Von ihrer unmittelbaren Umgebung vertrauensvoll Linda genannt, litt sie resignierend unter diesem rapid abnehmenden Grenzwertnutzen ihrer selbst bereits seit ihrer frühen, empfindsamen Jugend am Ende der 80er Jahre. Die nun waren an politischen und persönlichen Verwerfungen nicht arm, was sie aber mit ihren zehn Jahren durchaus nicht begriff. Nicht begreifen konnte! Sie begriff nur die familiären Spannungen in ihrer unmittelbaren Umgebung. Das allabendliche Geschrei der Eltern. Die Mutter, die mit Sigurd wohl seit langem schon nicht mehr schlief, mit dem schrill heulenden AKA-Elektrik-Ost-Staubsauger den Fernsehflimmer - Abend enervierend störte oder besonders die Montagabende im Oktober 1989, wenn Silke zur Kleinstadtdemo gehen wollte und erst nach einem hysterischen Schreianfall in Sigurds Richtung auch ging! Der Korrekturmechanismus Sex fehlte in dieser Ehe-Beziehung wohl seit langem ...

Silke war 16 Jahre jünger als Sigurd; beide lernten sich in der Mitte der DDR-1970er auf der Bezirksparteischule kennen, wo er eine „Qualifikation"[8] zum Parteisekretär absolvierte und sie seit kurzem als dralle Küchenhilfe arbeitete.

Sigurd sah damals mit seinen breitschultrigen 35 unverlebten Nichtraucherjahren blendend aus – wie eine Melange aus Sportreporter und jungem Belmondo. Silke dagegen, von ihrer unmittelbaren Sozialumgebung wissend-abfällig „Schönchen" genannt, verschwieg ihrerseits erfolgreich ihre einjährige Jugendwerkhofzeit, und bald tuschelte die gesamte Schule. Das war ein Spektakel! Die geschwätzige Parteischule "Lilo Hermann" hatte nun ihren waschechten Honeckerzeit-Skandal!

„Der Turm wackelt, der Turm wackelt, die Spitze fällt ab ..." Die im zu kleinen Einfamilienhaus mitlebende Mutter von Sigurd machte in ihrer undifferenzierten, plump - manichäischen[9] Parteinahme für ihren einzigen Sohn das Kraut der Mißstimmung noch fetter.

Die konsistente und inflexible Unnachgiebigkeit, mit der Vater Sigurd die sogenannten gesellschaftlichen

---

[8]Gute, hoffnungsvolle Genossen durften ein einjähriges Pateischulstudium bei vollem Lohnausgleich absolvieren...
[9]Manichäisch, hier: plumpes Denken in Gut – Böse – Kategorien.

Veränderungen ablehnte (oh sancta simplicitas!), begrüßte Klein - Liane als willkommene Meinungs-Opposition zur lebenshungrigen Mutter, welche kurz nach der alles entscheidenden Grenzöffnung zum neuen, jüngeren Freund nach Nürnberg zog. Von Bernburg nach Nürnberg! Ein Familienschicksal also, von dem wir alle zu Beginn der 1990er entsetzt hörten: Ehe- und Langzeitbeziehungen wurden durch offene Grenzen obsolet. Das überforderte Kind blieb bei Vater und Oma in dem efeuberankten kleinen Einfamilienhaus der Bernburger Nernstraße.

Lianes Schulnoten waren indes durchaus ausreichend und der Systemwechsel so rechtzeitig getimt, dass das Kind aufs Gymnasium gehen konnte – und nicht nur die drei Klassenbesten - der Zeitwirrnis und Zeitverwirrung der beginnenden 1990er geschuldet. Liane meisterte auch diese Schulzeit – Phase hinlänglich und begann kurz nach der weltweit (ob nun Welt, oder Bundesland Sachsen-Anhalt ... ist ja ohnehin fast identisch) falsch gefeierten Jahrtausendwende (die Magie der runden Zahl! Lach!) ihr Nicht-Numero-Clausus-Studium im nahen Halle.

Zu dieser Zeit begab es sich, da unser spätpubertierendes Mädchen (Liane sah über viele Jahre stets wirklich durchaus mehr einem Waschbrett mit Zöpfen ähnlicher, als ihrer üppig gewachsenen, adult wirkenden Schulmädchenumgebung) erste Erfahrungen mit dem Gegen-Geschlecht sammelte. Und mit dem Alkohol! Sie war indes zu und mit beiden Behufen untalentiert.

In dieser Zeit begab es sich außerdem, dass Lianchen sich bei den geringsten Stress-Situationen ruckartige Kopf-, Gesichts- und Körperbewegungen angewöhnte: Wenn sie im REWE – Einkaufsmarkt in Halle gleichzeitig die Stoff-Beuteltasche aus ihrem turmhohen Rucksack per aufwendigem Absetzten und hektischen Suchen herausholen musste und gleichzeitig ihre 7,35.- Euro aus ihrem Brustbeutel zu fingern gezwungen war, „zuckte" sie, warf in einer eckigen Bewegung Kopf und Schulter.

Auch gewöhnte sie sich durch tätige Mithilfe ihrer Hallenser Wohngemeinschafts – Zimmer - Mitbewohnerin Mandy (ein wahres und wirkliches Vorbild! Katzenhaltung in der WG, vorgegebenes Studium der Tiermedizin im 12. Semester!) das abendliche Wein- oder Martinitrinken an. Wahlweise! Martini oder Weißwein! Manchmal auch beides! Mandy Vechte nun hatte das Gesicht eines niedlichen Ferkels, war leicht pyknisch, dicklich und dazu untersetzt.

Diese sah einer fehlgeprägten, durch ein Versehen des in diesem einen Exemplar zu viel rosa Plastik verarbeitenden Spritzgussautomaten, hypertrophierten Barbie nicht unähnlich und roch vernehmlich nach Schweiß und billigem Nachwendeparfüm.

Einfach überwältigend. Überwältigend im Negativen. Wirklich! Wie ein hauch- und wasserdünner Aufguss von Fatty Arbuckle[10] - nur halt in weiblich!. Wenn Liane von ihren Vorlesungen kam, flimmerten auf Mandys frühen Flat-Screen laute und scheußliche Hinterhof-Pornofilme und abends hämmerte diese mit ihren kurzbefingerten Patschpfötchen auf ihrer klebrigen PC-Tastatur in irgendwelchen virtuellen Internet-Chaträumen herum. Auch telefonierte sie lange mit ihrer übrigens überraschend angenehmen Telefonstimme mittels ihres sehr geräumigen Nokia – Funktelefons und hatte proper Männerbesuch, der wohl das Vakuum ihrer Seele füllen sollte. Sicherlich nicht nur das ihrer doch sicherlich und hoffentlich unsterblichen Seele ...

Dass es sich bei Mandy um gar keine Studentin der Tiermedizin handelte, kam unserer arglosen Liane erst sehr, sehr spät in den Sinn.

Vorerst lebte sie als Untermieter bei der watschelnden Mandy mit ihrer hellen Glockenstimme in einem der riesigen Hochhäuser des brutal-betonösen Halle-Neustadt (von den Eingeborenen nur kurz Ha – Neu genannt) und graulte sich vor jedem Morgen, an dem sie wieder das von ihrer Vermieterin und Wohnungs-

---

[10]Roscoe Conkling „Fatty" Arbuckle (1887-1933), dicker, amerikanischer Stummfilmstar, „Erfinder" der Tortenschlacht.

genossin kurzerhand in die Edelstahl-Küchenspüle entsorgte Katzenfutter sah, das Miez und Mauz nach tagelanger Präsentation auf der angeschlagenen Keramik-Untertasse nicht mehr hatten verzehren wollen. Es sah indes wie ein kleiner Scheißhaufen aus: Eines Tages nun stritt sie sich darüber plötzlich mit Mandy sehr ernsthaft und sehr laut darüber (was bis dato eigentlich wirklich nicht ihre Mentalität und Art). Mandy, sich aufplusternd, riss ihren Mund auf: „Dir hamm se wohl ins Gehirn geschissen??!!" Liane, erstmals zurückfauchend: „Du glaubst wohl, der große Hund is dei Pate, du dämliche Gacke??!!"

Außer sich vor Wut, geriet die Dicke, krebsrot werdend, in Bewegung. Linchen spürte, rechtzeitig zurück-weichend, den Windzug einer sie nur knapp verfehlenden, wohl kräftigen Ohrfeige auf ihrer Gesichtshaut. Dieser wich sie (ich wiederhole mich) elegant und schnell aus ...

Nach diesem Heftig-Streit nun begann die hypersensible Liane an ihren Nägeln zu kauen. Dies tat sie immer, wenn sie aufgeregt und überfordert war.

Sie packte stumm und mit stark unterdrückter Neigung zum Weinen ihre wenigen Sachen, schaffte diese in drei intensiven Kurz-Märschen, von Mandy unbemerkt, zu ihrem fast vor dem Häuserblock stehenden klapprigen, weinroten Skoda – Forman.

Diesen Pack-Vorgang nun beendet habend, verabschiedete sie sich sachlich und tonlos von der breit in ihrem grellfarbenem Wohnzimmer sitzenden Mandy. Kurzes Klopfen, Sekundenbruchteile später ein süßlichbreites „Herein" ihrer Vermieterin. „Willste Dich nicht setzen, Linchen?" „Neee ... geht fix ... tschüss, Mandy. Tschüss für immer." Ohne die Reaktion des Pudels abzuwarten - ja, Mandy sah in diesem kurzen Augenblick wirklich wie ein dicker, betrübter Pudel aus - ging Liane rasch aus dem Raum. Sie wollte vor allem nicht schwankend werden, sich nicht umentscheiden, sich angepasst entschuldigen, nicht wieder in ihre alte, doch leicht behindert wirkende verhuschte, lakaienhafte Höflichkeit und Duldsamkeit zurückfallen. Sie wollte nicht alles beim Alten lassen: Wieder jeden Morgen das Katzengestinke. Jede Nacht die lauten, eindeutig, ja eineindeutig sexistischen, durch die dünnen Wände hörbaren Telefongespräche von Mandy. Nach langer, nervender Straßenbahnfahrt jeden Studientag die identische Misserfolgsmalaise. Verpatzte Prüfungen, zusammen-gestotterte Antworten. Männer mit Libidostauung, die was von ihr wollten. Natürlich nicht *die*, von denen sie gerne etwas gewollt hätte ...

Irgendwelche dicklichen, bebrillten Incels mit verhockten Darmwinden in den beuligen Jogginghosen, die glaubten, mit Liane leichtes und unaufwendiges Spiel zu haben. Durchaus eine Reihe tölpelhafter Missgriffe: Täppische Jungen, Alpdrücke vergeblichen Suchens ...

Ein Spruch, mittels weißer Kreide auf die Klapptafel des Seminarraumes geschrieben: „Liane hatte noch nie ein Mann! Ist das ein Wunder? Schau sie dir an!" Nein! Nie mehr! Noch dazu in mangelhafter Rechtschreibung! „Einen!" Nicht: „Ein!" „Einen Mann!" Sie wusste, von wem der Spruch war. Die infantile, aber indes sehr hübsch-blonde, tomboyhafte Kommilitonin Katja Drews schrieb denselben. Nie spürte sie die ihr innewohnende „Ich–Besonderung" so sehr, wie in diesem Augenblick: Irgendjemand musste schließlich diskriminiert werden.

Verbissen weinend fuhr sie die nächtliche Fern-verkehrsstraße fünfunddreißig Kilometer nach Norden. Sie wollte nur noch nach Hause, nach Hause in ihr Kinderzimmer mit den Resten der zur Jugendweihe bekommenen hellen Schrankwand und der wunderbaren Biedermeierkommode. Manchmal muss man eine Revolution gegen sich selbst führen, dachte Liane, von Weinkrämpfen geschüttelt. Manchmal muss man sich selbst auf die Guillotine führen. Ich bin Marie-Antoinette, dachte sie. Ich bin die Witwe Capet!

Und Henri Sanson gleichzeitig in einer Person. Oder mein Vater köpft mich kurzerhand, wenn er vom abgebrochenen Studium erfährt ...

Daheim in der Bernburger Junkers-Siedlung, (damals bereits aber nach dem Widerständler Boysen umbenamt) in dem winzigen, efeuberankten Einfamilienhaus in der Nernstraße 32, fiel sie ihrem Vater im dunklen Hausflur verheult in die Arme. Die greise Dackelhündin Cosel, die Sigurd 1990 nach dem rüden Verlust der Mutter für seine damals zehnjährige Tochter kaufte, bekläffte freudig-heiser, verwirrt hin und her tippelnd und übrigens völlig altersblind die Szene.

Herr Kroyer indes guillotinierte seine Tochter nicht. Es war ja der 21. Januar 2013, vor 220 Jahren auf den Tag genau, wurde bereits der Kopf des armen Bürgers Capet (vormals König Louis XVI.) brüllenden Tumultanten auf dem Place de la Concorde in Paris gezeigt ... das sollte, das musste vorerst genügen.

Im dunklen Hausflur stapelten sich die roten Plastik-„Bergadler“-Bierkisten aus dem nahen Norma-Kaufmarkt. Kroyer selbst hatte eine durchaus merkbare Bierfahne und stieß süß-sauer auf, während er seine Tochter unsicher umarmte. Vorhin gerade hatte er einen großen Topf Kartoffeln auf der preiswerten Ceran - Kochplatte (aus dem Marktkauf herausgekauft!) aufgesetzt; nachdem ihm das Stadtgas wegen notorischen Nichtbezahlens gesperrt wurde, die einzige Kochmöglichkeit im Hause Kroyer ...

Pellkartoffeln und Bier. Der stimmungsmatten Liane war heute alles recht. „Haste was von Mutter gehört?" frug sie den Vater mit vollem Mund. „Die übliche Silvester-Jahreswechsel-Postkarte aus Malva Palva." antwortete er, gleichfalls mit vollem Munde, am mit buntem Wachstuche bespannten Küchentisch bedächtig kauend und die nächste Kartoffel sorgfältig abpellend. „Schwamm drüber ... Mama glaubt nun mal, der Käse der Welt zu sein" sagte der alte Kroyer resigniert.

Kichernd quittierte Liane die Verballhornung des Namens irgendeiner, Vater und Tochter gleichermaßen gleichgültigen tropischen Insel, auf der Silke und ihr ewig neuer Marco oder Kevin den Jahreswechsel zu begehen pflegten. Und der Schwamm! Der stimmte sie ebenfalls heiter. Damit war dieses Thema für beide gleichzeitig beendet.

„Issn nune?" frug Sigurd mit hochgezogenen Augen-brauen. „Ich such mir'n Grabungsjob! Den Grabungsleiter habe ich ja bereits seit dem Vorsemester in der Tasche." „Kannst aber oooch hier bleim." sagte der Vater in seiner leicht anhaltinisch - brandenburgischen Sprachfärbung. „Lass ma, Vati. Allet jut."

Lüg bitte die Nachbarn und Mutter an, dass ich einen ganz wunderbaren, überbezahlten Auslandsjob ange-treten hätte ..." „Du weißt, das ich mit Silke nicht rede. Die Postkarten sind auch *nur* die blanke Angabe!"

Sigurd nickte unter der nackten Glühbirne, welche die einzige Küchenbeleuchtung bildete, nachdenklich. „Wir sind beide keine Erfolgs-Adler, liebe Tochter. Gut, dass meine Mutter hochselig diese Bude hatte. Im Neubau wäre ich schon dreimal kaputtgegangen. Gut, das du und ich dieses Kerngehäuse als graues *happy end* unserer Existenz haben! Schaffe dir endlich ma än Freund an!" Oh, dachte sich Liane: Vater ist heute bierintellektuell! Bierisch klug! Kerngehäuse der Existenz? Kerngehäuse? Einen Freund? Sodann, bierzusammenhangslos: „Und dann hab ich ja noch Deine Cosel." Sigurd tastete unter den gestrichenen, farbabblätternden Küchentisch, um nach dem einstmals braunen Dackel zu greifen. Der nun schnappte in seiner Blindheit nach ihm. „Es ist immer Scheiße, wenn einen der Mundgeruch eigener Doofheit anhaucht! Ich meine das auf mich bezogen, nicht auf Dich, Line! Wir sind Unglücksraben ... jedenfalls sind wir nicht gerade und mit Nachdrücklichkeit Glücks-Schweine."

Liane zuckte mit den mädchenhaft-schmalen Schultern. „Wird schon, Vati. Wird schon alles werden ... gut werden" Ein rasch gesagter Allgemeinpass!

Darauf der alte Kroyer: „Dein jugendlicher Optimismus ist immer herzerwärmend!" „Ich geh´ jetzt schlafen." sagte Liane.

In ihrem kalten Dachzimmer drehte sie die Gussheizkörper der Kohle-Schwerkraftheizung, welche noch aus dem Baujahr des Hauses stammte, auf.

Bis zum Anschlag! Sofort begannen die klobigen Heizkörper zu summen und laut zu blubbern! Es waren richtige kleine Handräder daran, aus feinem Eisenguss. „Das hätte ich bei meiner Ankunft schon machen können, Tappe." Sie hieß sich selbst eine Tappe. Oft tat sie das. Obwohl sie wirklich durchaus das Gegenteil einer Tappe war. „Danke, Großvater und Omi und Onkel für dieses Haus, dieses Zimmer" dachte Lina. „Unser Kerngehäuse sozialer Existenz!" Onkel? Onkel Jürgen! Ja! Sigurd hatte einen behinderten Bruder gehabt, der mit neun Jahren an einer hartnäckigen Grippe starb. Das war 1947. Jürgen war zwei Jahre älter, als Sigurd Kroyer.

Geboren wurde er hier, in der Bernburger Nernstraße 32. Hausgeburt. Steißlage. Überforderte Hebamme. Sauerstoffmangel. Großmutter Kroyer war nur und ausschließlich mit dem schwächlichen Knaben beschäftigt. Der Großvater kam erst Wochen nach dem Tod des Knaben aus Kriegsgefangenschaft heim.

Gab es eine Apfelsine, war sie für Jürgen bestimmt, der diese dennoch schreiend ausspie. Sigurd sang und sprang freudig durch das Siedlungshaus, nachdem seine Mutter ihm den Tod des Bruders, der starr und wachspuppengleich auf der mit buntem, geblümten Rips (oder war es Chintz?) bezogenen Chaiselongue lag, mitgeteilt hatte.

Line merkte, wie an ihren schmalen, zieren Gliedern die Schwermut hochkroch. Sie wusste um eine versteckt in ihrem Buchregal liegende Flasche Martini:

Hinter einer leicht unvollständigen, fleckigen Sophien-Ausgabe des Altmeisters aus Weimar herumfingernd, fand sie die gut gekühlte Flasche. Ihr Zimmer hatte ja bislang Kühlschranktemperatur!

Sie knackte voller Vorfreude auf das erlösende Getränk den goldglänzenden Drehverschluss. Knacknacknack! Wunderbares Geräusch! Das arme Mädchen! Ein Doppelknack ... Den Erst-Schluck nahm sie prompt und hastig aus der Flasche. Danach füllte sie sich ein trübes IKEA-Wasserglas dreiviertel voll. Wie rasche, funken- und kraftgeladene D-Züge jagte elektrisierend die wohltuende Wirkung und Entspannung und Wärme und Gleichgültigkeit sofort in die kleinsten Fasern ihres Körpers! Nun erst nahm sie ihren Raum wahr: Die hellfarbene Jugendzimmerschrankwand, in der Mitte unvermittelt unterbrochen von der Biedermeier-kommode, deren letztes, bodennahes Schubfach überraschenderweise etwas aus der sonst glatten, kirschbaumfurnierten Front hervorkragte.

Darauf ein großer und schöner Abguss des blinden Homer. Dahinter ein fleckiger, halbblinder Spiegel, dessen schlichter Rahmen an der Oberseite ein Dreieck bildete. Sie sah sich in diesem Spiegel nur schemenhaft.

Das war ihr recht! Das Zimmer war ihr immer Schutz und Heimat. Ganz tiefe Wohlfühlzone! Das war die Kirche, in der sie betete! Ihre Echokammer, ihr Gebetskarton aus Pappe!

Immer noch der Blick auf den großen, jetzt blätterleeren Kirschbaum des engen Gartens, auf dem manchmal schwarze Vögel laut krächzten! Dann ihr Bett! Es war das Ehebett ihrer Großmutter. Der „männliche" Teil wurde flugs nach dem Tod des Großvaters (übrigens in Lines Geburtsjahr!) von Omi entsorgt! Opa hatte „feuchte Füße", so ihre Oma, „...das Holzfurnier am Fußende vom Bett sei dadurch weggefault!" Als Teenager schon schleppte Linchen die gewaltige restliche Bettstatt vom Boden in ihr schräges Dachzimmer. Mitsamt dem Federbett. Das nun war sehr schwer und klamm! Außerdem teilte sich um einen herum in der Nacht die Federfüllung in eine rechte und eine linke Seite, so dass man letztlich nur mit dünnem Leinen bedeckt schlief. Ihre Gedanken brummten trotz des Martinis nach, der Schlaf wollte sich nicht einstellen.

Der Kopf summte, wie ein Bienenkorb: Blöde, dass sie auf ihren Vater gehört hatte, der da nun sagte:

26

„Du kannst nicht jeden Tag zur Uni fahren! Bei Wind und Wetter!" Unsinnig!

Ein wirklich dümmlicher Ratschlag, welcher der Phlegmatie und dem doch sehr mitteldeutschen Bewegungs-Un-Bewußtsein des lahmarschigen Sigurd-Vaters entsprach. Über das unüberlegte Nachgeben gegenüber ihrem Vater und seinen wie immer mit heftiger Wucht gesprochenen, aber dennoch gleichfalls unüberlegten Worten ärgerte sie sich noch lange Zeit ... Natürlich hätte sie das gekonnt.

Stattdessen nahm sie sich dort dumm ein Zimmer zur Untermiete. Bei Mandy Vechte! Ausgerechnet bei der Vechte! Als hätte sie es hier nicht gutgehabt! Sie hatte, sicher auch durch die bereits in den 90er Jahren leicht vermufft erscheinende, DDR-hafte Ratschlag-Struktur des Vaters, einfach kein glückliches Händchen. Irgendwann schlief sie im klammen Federbett ein, begleitet und umsummt von den steten Blubber-geräuschen der ältlichen Schwerkraft-Kohleheizung ...

Dänemark

Die Halbinsel Knudshoved Odde, wenig nordwestlich und unweit der Stadt Vordingborg gelegen, war von Hügel- und Großsteingräbern übersät. Zwar gilt die Danmark, wie sie von den Einheimischen genannt wird, als durchaus reichhaltig mit vorchristlichen Altertümern gesegnet, aber diese dünne Landzunge im Süden von Shelland übertrieb es wirklich! Übertrieb es mit der verschwenderischen Präsentation bauernsteinzeitlicher Grabstätten, Ganggräber, Dolmen, Rabengekrächz und vielem mehr ...

Ewiger, feuchter Wind vom nahen Meer und der weitgespannte Himmel in der Farbe grauer Milch. Auffliegende riesige Vogelschwärme. Unruhiges Licht schimmerte über der Teerstraße, „Knudskovej"[11] benamt, welche diese schmale Halbinsel in der Mitte ihrer Längsausdehnung (durchaus 15 lange Kilometer!) in eine südliche und nördliche Hälfte zerschnitt.

Wir sehen Liane während einer unbestimmbaren, indifferenten Jahreszeit aus einem rotgestrichenen Ferienhaus heraustreten und in einen grauen Parka gehüllt, in ihren Skoda - Forman steigen. Dabei verliert sie ihr dunkelbraunes Lederbasecap.

---

[11]Knuds Waldweg

Es fällt ihr beim Einsteigen, durch die dümmlich-niedrige, billig-eckige Dachkarosseriekante des Autos gehindert, in den groben Kies, der die Einfahrt bedeckt. Das Ferienhaus hat Lianes neuer Arbeitgeber direkt vom Besitzer besorgt. Als Tourist mietet man die teilweise originellen Holzbuden natürlich von großen, rein darauf spezialisierten Gesellschaften, wie „Dan-Sommer"[12] oder „Sol og Strand"[13]. Als Tourist kann man diese höchstens für vier Wochen buchen, sodann muss man raus aus dem Haus: Dauergästen, welche nicht bezahlen, soll wohl damit vorgebeugt werden ...

Für Liane nun mieteten das Danske Nationalmuseet in Kopenhagen und das Landesmuseum für Vorgeschichte, kurz „LaMu" genannt. Sozusagen Liane Kroyers neue Chef´s. Diese Geschichte in dieser Geschichte ist rasch erzählt:

Ein Aushang im Zettelkasten des zugigen Flures der Universität hatte Grabungstechniker für ein Gemeinschaftsprojekt gesucht. Eine Grabung des dänischen Nationalmuseums und des Landesamtes für Denkmalpflege und Archäologie Sachsen-Anhalt. Monströser Titel, nicht? Keiner meldete sich auf diese Ausschreibung für diese frustrierend unterbezahlte, zeitlich ziemlich begrenzte Stelle, noch dazu in

---

[12]Dänischer Sommer
[13]Sonne und Strand

irgendeinem dänischen Land-Kaff, 90 lange Kilometer südlich von Kopenhagen!

Wenn es wenigstens das liederliche Christiana, die Kiff-Kommune in Dänemarks liberaler Hauptstadt gewesen wäre - dann lieber müde und erfolglos weiter studieren oder soziale Hängematte ...

Nicht so bei unserem Linchen, welche mit der Instinktität der Somnambulen und ohne jedwede nennenswerte zögernde Überlegung diese ihr avisierte Tätigkeit prompt annahm. Sofort! Aus dem Stand! Hopp ins Unbekannte! Sie war gierig auf neue Lebenswirklichkeiten. Es war das zehrende, schmerzende Fernweh, gepaart mit der finanziellen Unmöglichkeit, selbst salopp souverän reisen zu können, und sachlichem Veränderungswille! Außerdem musste man manchmal etwas tun, auch wenn es das Falsche war, um wieder Schwung in eine Sache zu bringen. Die Sache, in welche Schwung musste, war ihr eigenes Leben. Sicher, die Erwartung war wieder mal größer als das Ereignis ... Oder war diesmal das kommende Ereignis tatsächlich größer?

So kratzte Liane seit einem Monat unaufregende Erdverfärbungs – Rückstände und Holzpfostenreste primitiver, steinzeitlicher Hütten aus dem dänischen Sandboden heraus und dokumentierte dies in ihrer durchaus akribischen Art mit gespitztem Bleistift (117 HB der Firma Rheita) vorschriftsmäßig auf gelbgekästeltes Millimeterpapier.

Mit von der Partie waren der adipöse dänische Grabungshelfer Moons Axtholm, der stumm, dick und filterlose Pfeife rauchend, einen leichten Radlader mit Schippe und Greifer bediente. Liane nannte diesen schwammigen, wasserblonden Dänen in Gedanken verächtlich „Buddelflink", benannt nach dem agilen Trickfilm-Maulwurf des DDR-Kinderfernsehens. Scheint er, der fette Moons, für die zu erzählende kurze Geschichte ohne jedweden Belang? Scheinbar! Moons interessierte sich für Liane nicht die Bohne. Scheinbar! Sie dagegen sah, wie seine wirklich dicken, in straff gespannte Jogginghosen gewandeten Oberschenkel beim Laufen aneinander rieben, und schüttelte sich. Manchmal beobachtete Axtholm sie während der Arbeit aus seinen wasserblauen, leicht zusammengekniffenen Augen distanziert, abschätzend und mit vermeindbar leichter Heimtücke. Oder war es Misstrauen? Oder war es Begehrlichkeit? Männer-Begehrlichkeit? Die sensorisch empfindliche Liane wusste sich kaum einen Reim darauf zu machen …

Wir schon: Sommerhafte Septemberwärme ließen Liane in der Mittagshitze schwarze Hot Pants tragen, welche die Länge ihrer makellosen, gebräunten Beine schier unter ihrem schönen Hals enden ließen und unter deren

Rand der schmale Streif einer uns entzückenden, roten Panty zu sehen war.

Fernab nun von Bernburg, fernab von Halle, fernab jeder Sozialität, und wäre diese noch so schrecklich und bekümmernswert und mangelhaft gewesen, schippte und kratzte und maß und zeichnete und fotografierte Liane im trüben dänischen Nebelstaat.

Niemand freute sich hier etwa auf und über sie! Aber das wäre wohl tatsächlich zu viel verlangt ... kaum das die Menschen sich auf sich selbst freuen können ...

Die Dänen waren tatsächlich nun zivilisierte und im allgemeinen wirklich höfliche Hausmenschen; im schieren, fast ständigen Gegensatz zum allgemeinen deutschen Wildmenschen stehend. Ihre Mentalität war durchaus nicht so skandinavisch-nordisch unterkühlt, wie Liane erwartet hatte; irgendwie muteten sie fast süddeutsch-gemütlich an. Wirkliche, wahre Haus-menschen eben! Domestizierte Menschen – Cultur!

An den Nachmittagen der langen, grauen Tage war der in Vordingborgs Süden (unweit des schrecklich restaurierten, nietnagelneu aussehenden Mittelalter-Backsteinturmes[14]), gelegene „Kvickly"[15]- Markt ihre regelmäßige Anlaufstelle, dieser banale Lieblingsort der dänischen Kleinstädter.

Liane ergänzte im Inneren dieses geschmacklos-skandinavischem, verwaschen gelbfarbenen Backstein-Flachbaus ihre „Leverpostoj"[16]-Vorräte und den an dänischem dunklem, grobkörnigem Vollroggenbrot, welches sie am Abend in der ikea-modernen Küche des rotznasig-rotgestrichenen Holz-Ferienhauses mit Spar-Pilsener (wirkliche und wahrhafte Kenner meinen partout übrigens unisono, es handle sich dabei um preiswert abgefülltes Tuborg - Bier!) kauend herunterspülte.Wir wollen auch die gewaltig aufwertende geschmack-liche Wirkung der gelben dänischen Remoulade durchaus nicht unterschlagen, welche unserem Linchen half, das Nord-Lebens-System und dessen Einsamkeit kulinarisch ertragbar zu machen!

---

[14]Der Bergfried der Vordingborg, im 14. Jh. erbaut.
[15]Ein Großmarkt, in Deutschland am ehesten „Kaufland" oder „Marktkauf" entsprechend.
[16]Leberpastete, billigstes Nahrungsmittel in Dk, in Aluminiumassietten in jedem Lebensmittelladen zu haben, zur Zeit der Story – „damals" - 500 Gramm knapp über 1.- €.

Danske Remolääälläää, wie diese gelbe Ergänzungs-
speise im wortarmen (der dänische Nationaldichter H. C.
Andersen liest sich wirklich nur in den frühen deutschen
Übersetzungen prima adjektivreich) arg vernuschelten
Landesidiom ausgesprochen wird, wurde in der
Feinschmecker - Danmark stets in einem großen Berg zu
den obligaten, mit gröbsten Salzkörnern überstreuten
Brathühnern und Burger gereicht, die den über-
wiegenden Teil der Fast-Food-Kultur bei unserem lieben
und gleichwohl nördlichen Nachbarn ausmachen.

Der Rabe

Rauschender Nadelwald auf Knudshoved Odde. Eine mickrige Schonung. Liane hatte keine Ahnung! Mannshohe Bäume, an deren Spitzen bunte, schmale Zettel prangten. „Original dänischer Nordmann" und „Good Jul!" stand da zu lesen. Ah! Weihnachtsbäume! Weihnachten war aber doch schon längst vorbei? Das interessierte sie doch eigentlich wirklich weniger. Irgendwoher fernes Traktoren - Getucker. Aufjaulendes Geräusch von Motorkettensägen. Plötzlich Rabengeschrei! Ganz lautes, überlautes, bereits unwirkliches Krächzen! Ihr Blick ging unwillkürlich und rasch nach oben. Da kreisten die schwarzen Biester!

Gleich aber konzentrierte sie sich wieder auf den niedrigen Hügel in der Waldschonung vor ihr: Ein Hügelgrab der dänischen Bauernsteinzeit. Vielleicht 3000 vor Christus? Unbedeutend. Da gab es wesentlich gewaltigere Teile! Merkwürdig nur, dass es überhaupt nicht registriert war. Auf allen sonstigen Boden- altertümern stand auf deren höchster Höhe oder sonst gut sichtbar ein kleiner quadratischer Granit- oder Sandstein mit stilisierter dänischer Königskrone. Hier nicht. Der kleine Hügel war auch auf Lianes Messtischblatt, einer wirklich genauen Spezialkarte, nicht eingezeichnet. Sie dachte unter ihrem Lederbasecap angestrengt nach.

Dachte „Mensch, wieso is der nich drauf?" Unter der Rückseite ihrer Kappe (Alfonso D´Este, Made in Italy, Genuine Leather! Lach!) quoll ihr üppiges, mittelblondes Haar in der Form eines locker gebundenen, langen russischen Zopfes hervor.

Flatter-Geräusch und ein dunkler Schatten riss aus den Gedanken: Liane sah den Vogel sofort. Mit seiner üppigen, feisten Größe und Gestalt war er auch durchaus nicht zu übersehen: Den Vogelkopf mit dem leicht nach unten gebogenen schwarzen, kräftigen Schnabel schräg haltend, blickte das Tier Liane aufmerksam durch das linke, schwarz - flaumumfederte, leicht basedow-heraustretende, kreisrunde Auge an.

Und plötzlich hatte Liane eine Stimme im Kopf: „Sei mir gegrüßt, ich bin Kolk Rabix!" Sie erschrak sich. Herzrasen setzte ein. Scheiß Sauferei! Du spinnst, Kind, dachte sie, angestrengt überlegend, wie viel Martini sie am Vormittag getrunken hatte. War doch nur ein üppiges Ikea-Wasserglas voll... klar, in der Flasche fehlte danach ein Drittel...aber es schoss ihr wärmend in Sehnen und Adern ...

Einer elektrischen Entladung gleich, jagte die Alkohol-Wirkung durch die Nervenbahnen ihres Körpers. Mit Auszügen aus Wermut und anderen Kräutern ...

Mit süsslich herbem Geschmack. 14,4% vol ... Voll? Genießen Sie ihn stets gut gekühlt pur, auf Eis oder als Longdrink. Eis hatte Liane einfach nie!

Zum einen weil ihr Kühlschrank entsetzlich stank und irgendwie zum anderen auch das Gefrierfach kaputt war. Gestank nach Tilsiter Käse, den sie in Dänemark günstig in großen Stücken im Dagli Brugsen („Täglicher Gebrauch"), einem kleiner Einkaufsmarkt am Dorf-Ende mit wehenden CoOp – Fahnen und wechselnden Angeboten erwarb, aber für die gekühlte Aufbewahrung nicht hermetisch verpackte ...

Das alles wollen wir doch gar nicht erzählen ... Die Stimme im Kopf! Die Stimme in ihrem Kopf und der unmittelbar vor ihr herumhüpfende, zutraulich erscheinende, blauschwarze und sehr üppig dimensionierte Kolkrabe!

War sie verrückt? Aromatisiertes, weinhaltiges Getränk? War das die Ursache? Klar! Sie brauchte das Zeug, um den Vormittag zu überstehen. Brauchte es, um überhaupt den Tag zu überleben. Unbeschadet! Brauchte ihren Martini! Der war ein wirklicher Freund! Man roch auch nicht so verräterisch, wie nach Spar-Pilsener oder Tuborg – Green!

„Liane! Liane! Ich erinnere mich!" da war es schon wieder! Wie eine Stimme aus dem Off ... nur eben in ihrem Koppe. Gut! Lassen wir uns darauf ein, dachte sie. Rein als Experiment gedacht, antwortete sie, über ihr eigenes Kopfkino endlich resignierend, mit halblauter, ins Nichts gesprochener und gereizter Stimme:

„Gut! Holk! Rabe! Was willste?" „Nicht Holk! Kolk! Ich heiße Kolk!" Ab morgen trinke ich vormittags nicht mehr, dachte Liane panisch und mit starker Selbstbeschämung. Das ihr das passieren musste ... Das ihr es w i e d e r passieren musste! Wieder i h r!

Sie bekam heftiges Herzklopfen. „Ab heute trinke ich überhaupt nicht mehr." Sie hatte sich vor mehr als drei Jahren einmal wegen Halluzinationen in die Landespsychiatrie nach Uchtspringe, unweit ihrer anhaltinischen Heimatstadt, einweisen lassen. Ja! Sie war schon in der Klapse! War schön dort. Vor allem interessante Männer. Wirklich interessante Männer! Viel vernünftiger und nicht nur Verrückte, wie „draußen"... Kluge und unterhaltsame, sensible und höfliche Männer!

Mit einem nun freundete sie sich über den Irrenhausaufenthalt (wie sie ihre Zeit in der Psychiatrie selbstverächtlich nannte) hinaus an. Sie traf Robert noch Jahre „danach". Ja! Sie teilte ihr Leben in „davor" und „danach" ein. Der zwei Monate während Aufenthalt in Uchtspringe schien ihr die zweite intellektuelle

Erweckung im Leben. Als sie i h n sah, dachte sie spontan: „Ich weiß nicht, wie der heißt. Aber mit dem will ich schlafen!" Und ihr Blick fiel auf seinen Hosenstall. Robert! Robert aus der Tinitusgruppe. Robert Hörstel!

Das erste Erweckungserlebnis schien ihr aber indes das verdruckste, mit unzureichendem Prädikat und Elan abgebrochene Archäologiestudium in Halle gewesen zu sein. Das zweite dieser Art war nun der archaische Ur - Macho Robert, der Mann Robert, der aus den anderen, selbstbekümmerten, dicklichen Incel´s[17] mit inkludierter Mini-Meise und bekloppten Hausfrauen und sexuell frustrierten MILF[18]´s mit Zwangserkrankungen sofort und ab ihrem ersten Tag im Irrenhaus geradezu messiasgleich herausstach ...

Liane war Robert seit dem ersten Tag ihres einmonatigen Oktoberaufenthaltes in der psychiatrischen Klinik, liebevoll- beschönigend von den zahlreichen Mitarbeitern und den noch zahlreicheren Patienten-Insassen „Fachklinikum" genannt, physisch und geistig verfallen. Robert hatte so einen blöden Undercut-Haarschnitt und einen niedrigen Haaransatz in der Stirn, nur dumme wenige Zentimeter über den dichten

---

[17]Incel: Kofferwort aus **in**volutary, engl. für „unfreiwillig" und **ce**libacy, engl. für Zöllibat. Männer scheinbar zweiter Klasse, oft von Frauen zurückgewiesen.
[18] Attraktivere, reifere und erfahrene Frau. **M**om/**m**other **I**´d like to fuck

Augenbrauen, fast wie der junge Autor Carl Zuckmayer wirkend. Robert, dem bei aller vorhandenen farbtätowierten Virilität durchaus auch eine gewiss hohe Sensibilität und Grund-Allgemein-Bildung nicht abgesprochen werden konnte, freute sich seinerseits nun immens über die unkomplizierte, ihm bei seinen stundenlangen Monologen zuhörende Liane.

Der nur auf den nullten Blick holzfällerhaft-raubeinig wirkende Hörstel hatte sogar via Self - Publishing mehrere schmale, in sehr dünnes und preiswertes Weichcouvert gehüllte Bücher herausgegeben. Darunter „Unter Nirgendwo", ein magerer, hellgrüner Band mit kafkaresken Kurzgeschichten, welcher es in das verschwafelte Kultur- und Literaturfeuilleton der „Hirschberger Nachrichten" und damit das (!) „Presseorgans" seines Heimatortes brachte. Was sagte er damals zu ihrem Studienfach in seinem bereits fränkisch vernuschelten Zonengrenz-Dialekt: „Mit der Archäologie kannste doch keen Hund hinterm Ofen vorlocken!"

„Das sollte auch nicht die Aufgabe der Archäologie und einer Archäologin sein!", entgegnete sie spitz und mit vor Erregung zuckendem Gesicht.

Liane ordnete ihre wie immer abschweifenden, wirren Gedanken. Wieder die Stimme des Raben in ihrem verdammten Kopf:

„Liane, Liane, ich weiß was, was Du gerne wissen würdest!" Ihr kam nun völlig widersinnig der Heiko Kramp in den Sinn, ein sehr schlichter Heizungsmonteur, mit dem sie während der Gruppentherapie in der Psychiatrie in Interaktions-Berührung kam, als gerade Rollenspiele dran waren ...

Heiko, ein ihr uralt erscheinendes kleines Männchen in den beginnenden Vierzigern, gefangen im Körper eines Zwölfjährigen, war einer blutjungen bulgarischen Prostituierten aus Berlin verfallen, die ihn nach Strich und Faden ausnahm.

Wohl um sich Gläubigern, Rechtsanwälten und Inkasso- büros zu entziehen, und dabei eine sogenannte Privat- Insolvenz vor sich herschiebend, flüchtete er sich unter Zuhilfenahme von platten Irrenhaus - Klischees in die Uchtspringer Anstalt.

Er sprach auch dort nur dümmlich-oberflächlich von seiner Irina, einer genuinen Nutte, die ihm erstmals irgendwo in der Straßenstrichmeile der Kurfürstenstraße begegnete. Er fuhr damals extra aus seinem altmärkischen Provinzkaff (irgendwo nördlich von Stendal) nach Berlin, wo ihn niemand kannte und erkennen sollte. So erzählte er es zumindest plappermännchenhaft dem Stuhlkreis in der Gruppen- therapie!

Heiko war in diesem Rollenspiel in der Anstaltsturnhalle einfach eben Heiko, für alles andere war er tatsächlich zu blöde. Liane sollte laut Anweisung in die Gestalt der bulgarischen Nutte Irina schlüpfen. Das nun verweigerte die entrüstete Line brüsk! So wie sie sich jetzt weigerte, die Stimme des Raben als das zu nehmen, was sie zu sein schien, eben als die Stimme eines Raben:

Nur der Schein trügt nicht! Oder trügt selbst der? „Liane! Willste wissen, wer und was darunter is?" Diese Stimme in ihrem Kopf! Wieder! Es ging nicht weg! Sie lief, augenzusammenkneifend unter unruhigem Licht, zu ihrem rostigen, Forman – Auto und fuhr in leichten Schlangenlinien zum roten Ferienhaus.

Dort tat Line zuvörderst gar nichts, außer sich fix eine propere Scheibe Roggenbrot dick mit Leberpastete aus der dänemarkhandelsüblichen Aluminiumverpackung zu beschmieren und diese zu kauen! Vielleicht war sie auch nur unterzuckert. Hypoglykämie! Linchen liebte sehr medizinische Fachausdrücke, welche nun sofort einen intellektuellen Abstand zwischen dem diese aussprechenden und einem ihn hören müssenden Individuum herstellten! Zu der fetten Leberwurststulle goss sie sich ein ... ein großes Glas Wasser aus dem tropfenden Nickelhahn der Küche rasch in ihren Kopf. So! So! Dachte sie sich. Der Blick auf ihre Armbanduhr verriet das hastige und gleichwohl stetig-langsame Verrinnen der Zeit.

In Dänemark gingen die Uhren anders! Bereits halb drei! Es dämmerte in diesem Herbst elend früh.

Der ewige Wind vom Meer. Das Rauschen der Bäume. Die hohe Luftfeuchtigkeit. Ihr Blick ging zur Martiniflasche. Wenigstens ein Spar-Pilsener! Sie machte sich einen scharfen Ingwer-Tee, den sie dann doch nicht trank. Bäcks!

Heißgetränke mochte sie seit ihrer Kindheit nicht. Daran verbrannte sie sich in ihrer ungeduldigen Trinkgier immer die Zunge. Außer die morgendliche große Kaffeetasse. Deren Inhalt konnte nicht heiß genug sein! Flüchtig auf Satz gebrüht und gleich mit einer bereits vortägig benutzten, unabgewaschenen Untertasse zugedeckelt, damit dieses schwarze Gesöff nicht allzu rasch erkaltete und geschmacksverstärkend „ziehen" konnte (bildete sich Line zumindest ein). Danach ne Alka-Selzer oder Aspirin in einer kleinen Wassermenge gelöst, auf Ex „rinn in´ Kopp" und der Schädeldruck der Depression oder des vorabendlichen Martinis war weg. In Annäherung zumindest. Nie ganz! Der Schlaf wollte sich ewig nicht einstellen. Es lag natürlich daran, das unser vor Raben-Schreck eingeschüchterte Linchen nicht die dazu nötigen vier oder fünf 0,33 l – Spar-Pilsener weggeschnabelt hatte. Natürlich auch am Schock der Kopfstimmen-Halluzination. War es so schlimm um sie bestellt? Ihr gingen die Entlassungsdiagnosen der Psychiatrieklinik durch den Kopf.

Die waren nun nämlich seinerzeit bedenklich: Computer-tomographische Bilder des Schädel-Innenbereiches zeigten Veränderungen (nebenbei und völlig beruhigenderweise gesagt, eine Namensverwechslung – oberflächlicher Ärztepfusch: Es handelte sich um die Akte eines anderen Patienten). Hauptsache, kein Krebs! Vielleicht lag es auch an der ausgelegenen, dänisch-ältlichen, mit einer bedenklichen Kuhle versehenen Matratze des Ferienhaus-Schlafzimmers. Jedenfalls stellte sich der flüchtige, oberflächliche Schlaf erst gegen zwei Uhr morgens ein.

Im Traum wieder der rätselhafte Rabe. Diesmal stumm hin und her hüpfend und am niedrigen Hügel im Knudskov seinen großen Schnabel wetzend, dem kleinen Vögelein ähnlich, welches im Grimmschen Märchen alle tausend Jahre sein winziges Schnäbelchen am Diamantberg schabt. Und wenn der Diamantberg abgeschliffen, ist eine Sekunde der Ewigkeit vorbei ...

Der Handywecker fiepte seine totgespielte Mozart-melodie, und Liane, gerade noch im morgendlichen Tiefschlaf, kniepte ihre Augen erschrocken und mit Herzklopfen auf. Noch 'ne Viertelstunde liegen bleiben! Dann streifte sie das lange Nachthemd aus. Für einen Augenblick sah man die schönen, weißen und festen Brüste, ihre kleinen, dunklen Knospen und das lang-offene Blondhaar. Die Geburt der Venus! Botticelli!

Nur halt mit leichter, den gefälligen Eindruck kaum störender Ptosis. Sie griff sich aus dem vor dem Bett liegenden Klamottenhügel wahllos einen Schlüpfer, roch fix daran und zog ihn rasch an.

Fertig angezogen stellte sie den Hartplaste-Wasserkocher an. Kaffee! Früh! Sie freute sich. Die Ereignisse des Vortages hatte sie in diesem Augenblick unreflektiert vergessen. Beim Einsteigen in das weinrote Auto fiel ihr wieder das braune Basecap in den Kies.

Eine Gruppe junger Mädchen ging über einen Zebrastreifen vor dem einzigen Kreisverkehr der kurzen Fahrtstrecke. Rauchend. Dick. Fastfood aus bunten Tüten essend (Liane dachte „fressend"!). Irgendwelche Döner am Wickel habend und Leggins- oder Adidas-Hosen tragend, welche ihre gewaltigen, wabbeligen und höckerartigen Hinterteile gigantisch-scheußlich zur Wirkung brachten. Bildungsferne und zu gedrungene Patschpfötchen, in denen sie die Papiertüten mit „Friß" hielten.

Reine Barbiepuppen - Fehlpressungen! Liane dachte bei sich, durchaus eitel, eingedenk ihres eigenen immerschlanken und zieren Körpers und unstrittigen intellektuellen Mehrwertes: „Grundgütiger Gott! Die Nuttenschule hat ne große Pause!" Und, von ihr oft gedacht: „Scheiße ist halt kein Gehirn!"

Auch dachte sie in diesem Augenblick intensiv und plötzlich an ihre fette Vermieterin im sehr fernen Ha-Neu.

Nach nahen zehn Minuten kam sie an der Ausgrabungsstelle an. Buddelflinks metallicblauer Volvo-Kombi der Serie „240" fehlte noch. Rabengeschrei und Gekrächz ... Ihr Blick ging nach oben. Herzklopfend ging sie von der Lichtung in die Waldschonung unter einem Himmel aus grauer, lichtloser und gestaltfreier Milch. Auf dem Hügel saß bereits der Rabe und schaute sie mit seitlich verdrehtem und leicht geneigtem Kopfe aus seinem Basedow-Knopf-Rundaugen an.

„Jetzt geht's glei wieder los", dachte Liane Kroyer. „Gleich geht's los!" Ruhig atmete sie ein und aus. Gewillt, sich vollständig und bewusst auf die mögliche Halluzination einzulassen. Da begann es bereits: „Liane! Ich weiß was, was du nicht weißt!" „Warum ausgerechnet ich", fragte sie sich, da plapperte der Vogel vor ihr in ihrem Kopf schon weiter:

„Line! Herhören! Ganz schnell! Ich will das loswerden, da du das alles für unwirklich halten wirst! Es ist keine Halluzination! Ich will Dir was mitteilen!

Das Erinnern des Raben

„So! Nu setz Dich ma! Rasch heraus mit dem von mir zu Sagendem: Ich erinnere mich, wie vor gut 5000 Wintern dieser Hügel über dem Grab der Priesterin des Kultes errichtet wurde! Der K u l t! Wir Raben tragen die optisch wahrnehmbaren Geschehnisse unserer Ding-Welt als kollektives Unterbewusstsein mit uns und in uns allen herum! Alle Rabenvögel! Wir wissen sozusagen als Zeitzeugen, was hier in der Gegend unserer Ahnen und Urahnen passierte. Wir wissen es! Grab hier, Du wirst als Beigabe ein Attribut des Kultes finden! Das ist der Priesterin mitgegeben worden, weil den Kult nach ihr sowieso niemand beherrschte. Sehe bitte her. Hierher!" Er hüpfte am Nordrand des Hügels hin und her und pickte heftig auf den bemoosten Waldboden.

Diesmal ging Liane, ohne sich umzusehen. Sich energisch abwendend. Die Kopfstimme verstummte. Sie fuhr sachlich zum Kvickly-Markt in Nähe der Vordingborg mit dem roten Bergfried und trank in der belebten Bäckerei im Eingangsbereich des Supermarktes einen großen Pappbecher mit ungefähr vier Espressos.

Dazu holte sie sich ein Smörebrot mit gewaltiger Schinkenauflage (oder war es kalter Backfisch?) – natürlich mit massenhaft dänischer Remoulade versehen.

„Ich habe nix gefrühstückt, nur diesen Scheiß-Kaffee",
dachte sie bei sich. Daran liegt es! „Und du hast
überhaupt nichts getrunken!" dachte sie mit der heiter-
flötenden Selbstbeschönigungsstimme aller leicht-
sinnigen Wein- und Schnapsdrosseln. Daran wird es
liegen. Mit dem ultimativen Wahrheitsbewusstsein, das
Richtige gefunden, die wahre Ursache der Rabenstimme
entdeckt zu haben, stiefelte sie an den schwarzen
Einkaufs-korbstapeln vorbei, stracks in die Richtung, wo
Bier und Wein standen.

Vor einer Kiste „Jule-Öl" blieb sie stehen. Die Jule-Zeit
war zwar bereits seit drei Monaten vorbei: „Tilbud",
Sonderangebot, stand dafür ausgleichend über dem
Bierkasten. Ja! Solenne sieben Volumenprozent
Alkoholgehalt! Sieben Volt! Das hilft! Im Gegensatz zu
den getreidig schmeckenden „Normal"-Bieren mit ihren
dürren 4,6 % Umdrehungen ...

Kurz entschlossen fuhr sie zurück und stieg in den Mini-
Bagger von Moons. Der Schlüssel lag wie immer auf dem
rechten Vorderrad. Des Dicken Sargwagen-Volvo und er
selbst war noch nicht an der Ausgrabungsstelle.
Wahrscheinlich soff er gestern mit seinem Freund
Aalborg-Aquavit. Den Nationalschnaps der Dänen!

Wie wohl alle Trinker machte sich Liane über andere Trinker leicht verachtend lustig und bildete beschönigende Mengen-Relationen zum eigenen Alkoholkonsum: „Die saufen richtig! Ich, ich, ja ich trinke ja *nur* Wein und Bier ... aber die! Die betreiben Alkohol-Abusus!"

Sie startete entschlossen den kleinen Bagger. Krachend schoss das Ritzel des Anlassers in den Zahnkranz und sie fuhr Sekunden später den Waldweg in leichter Schlangenlinie (wir kennen diese Fahrweise von Line!) durch die Weihnachtsbaumplantage zum niedrigen Hügel. Kein Gekrächzt, kein Flattervieh! Sie schaute vorsichtig nach oben. Sie schabte an der Stelle, die Kolk (nannte sie diese Vogel-Halluzination jetzt bereits beim Vornamen?) ihr anwies, die dicke Schicht Humus bis zum gewachsenen Lehm und Sandboden ab. Na warte! Wir werden die Unsinnigkeit meiner Einbildungen gleich bewiesen haben!

Sie sah den Gegenstand sofort. Unfachmännisch, da in Bierstimmung, hob sie ihn mit der winzigen Baggerschaufel heraus und warf ihn auf dem mäßig großen Abraum-Haufen. Sie stellte rasch den blubbernden Motor des kleinen Radladers aus und ging unsicheren, leicht staksigen Schrittes zum Erdhaufen. Ihr wurden die Kniegelenke weich und buttrig. Das war jetzt nicht mehr das Jule-Bier!

Das war jetzt der Gegenstand, der, unförmig und mit dicker, feuchter Lehmkrume behaftet, auf dem Haufen des Bodenaushubes lag.

Der Fund

Egal, was es war, Liane packte den schweren lehmigen Klumpen ungerührt in ihre Stoffjacke. Sie fuhr den Bagger zurück zur Lichtung und dann energisch mit der Jacke auf dem Beifahrersitz ihres Skoda zum roten Ferienhaus. Es begann stark zu regnen. Die Scheibenwischer schmierten an der Frontscheibe herum. Den Kleinwagen ließ sie mit laufendem Motor und brennenden Scheinwerfern (übriges ein nur sehr unzureichendes, mattes und billiges Licht) in der knirschenden, kiesbedeckten Einfahrt des roten Ferienhauses stehen, ging sofort in das Bad und legte den Klumpen in die nur durch eine geflieste Bodenschräge gebildete Duschwanne. Die Plastik-vorhänge zog sie rüde zur Seite und begann mit heißem Wasser den Fund vorsichtig abzubrausen. Dass es Fundmunition des letzten Weltkrieges oder von den häufigen dänischen Heimwehr-Übungen sein könnte, überlegte sie sich erst mit leicht mulmigem und wie stets zu spätem Liane-Bauch-Gefühl beim Waschen.

War es aber wohl eher nicht! Es war ... es handelte sich ... es sah aus wie eine Handgranate mit langem Griffstück, aber aus einem anderen Material, als bloßes Rost-Eisen.

Immer noch war das metallische, relativ schwere Fundstück so patiniert und verkrustet, dass selbst eine grobe zeitliche Einordnung indes sehr schwerfallen musste. Unterdessen wurde ihr mit sehr flauen Bauchgefühl ruckartig die Fragwürdigkeit ihres Tuns bewusst. Das traf sie wirklich wie ein Schlag.

Sie legte den Fund sachlich in eine rote Schüssel aus Plastik, ließ heißes Wasser ein, kippte Reinigungsmittel dazu und stellte den roten Pott ins Bad, nicht ohne ihn mit einem größeren Duschhandtuch abgedeckt zu haben. Ihr war jetzt die Sache bereits peinlich ...

„Dumm nur einmal!" dachte sie den vom Vater oft gehörten Plapper-Spruch! Wobei jetzt die Frage ist, ob das „nur einmal" als Bekräftigungswort und zum Unterstreichen der Heftigkeit der Aussage benutzt wird, oder indes um den solitären, einmaligen Charakter der begangenen Dummheit herauszustreichen? Durchaus könnte das „einmal" nämlich auch auf vorhandenen Lehrwert des dummen Ereignisses hindeuten: auf seine durch gewonnene Erfahrung erwartete Einmaligkeit! Sie musste die Spuren unentdeckbar für Moons, die Holzfäller und die Waldgänger machen!

Linchen fuhr rasch und routiniert zurück. Es dämmerte bereits. Noch aber war es hell genug, dass sie größere Humusmengen, Original-Waldboden vortäuschend, mit ihren zarten Pfötchen auf der zerwühlten Stelle verteilen konnte.

Die Dänen verstanden da durchaus keinen Spaß, was rigiden und selbstbedienerischen Umgang mit ihren nationalen Altertümern anging ... und die Gesetzeslage war ihr völlig klar. Der dickliche, blondflaumige Moons - Buddelflink (es gilt jetzt eigentlich kritisch, juristisch und sachlich zu erörtern, wer hier flinker im Buddeln war und ist!) war heute überhaupt nicht am Grabungsort erschienen, als alte, erfahrene Prärie-Indianerin hätte Line dies an den fehlenden Fahrspuren im aufgeweichten Bodenmatsch gesehen.

Noch ein hastiger, von Schulterzucken begleiteter, unsicherer und ängstlicher Blick nach dem Raben, möglichen Zufalls-Passanten, Halbinsel-Wanderern, Touristen (darunter auch viele Deutsche!) oder Pilzsuchern, sodann fuhr sie leicht erlöst zum Ferienhaus. Das Herzklopfen nahm kein Ende.

Und das Gesichts - Zucken fing wieder an. Seit dem langen Monat in Dänemark hatte sie erleichtert geglaubt, es sei verschwunden. Die Spannung blieb indes: Herzklopfend ging sie ins Bad.

Die rote Schüssel! Umgekippt, eine braunschlammige Wasserlache stand auf dem gekachelten Fußboden, darin schwamm das bunte Handtuch ...

Ach du Scheiße! Was war das für ein verfickter Scheiß - Algorithmus in ihrem Leben. Was ist das für eine immer wiederkehrende Fuck - Formel?

Ihre Knie waren plötzlich nicht mehr vorhanden. Worauf sollte dieses erneute Ereignis respondieren, kontern, entgegenhalten? War es ihre Doofheit? Sie musste sich zitternd auf den Boden legen. Nein! Bevor sie's tat, sprang Line logisch zur Glas-Tür und verschloss diese mittels Chrom-Drehwirbel! Klick-Klack! Zu! Zu-geschlossen!

Hastig ging sie herzklopfend, mit einem leichteren Hammer (500g) in ihrer feuchten rechten Hand bewaffnet, in die anderen Räume. Nix? Nix!

Nun wählte sie kurzentschlossen, verängstigt, völlig ratlos und aufgelöst die Funknummer von Robert Hörstel. Den zwar hatte sie nach der Klinikzeit in Uchtspringe aus den Augen verloren. Besser: Er sie! In Woche „Vier" (drei Tage vor ihrer Entlassung mit dem Status „Geheilt. Gesund geschrieben") kam ein blutjunges, blasses, aber tatsächlich der Venus von Botticelli gleichendes Mädchen in die „Irrenheil- und Mastanstalt". Aus-gerechnet noch in die Tinitusgruppe Hörstels!

Karen Pünjer sah aus, als ob sie gerade blass vom Abitur, aus irgendeinem backsteinernen Gymnasial-Schulgebäude oder geradewegs wohl aus der italienischen Renaissance käme. Jahrgang 1984. Sie hätte auch Simonetta Vespucci[19] oder Medici heißen können ...

„Kleine Phäakin"[20], nannte sie der erstaunte Hörstel murmelnd mit glubschigen, ungläubig blickenden Augen und setzte sich prompt an den leeren Tisch, an dem die Pünjer traumblöde und geniert am ersten Tag in der Anstalt Platz genommen hatte. So eine affektierte Kuh! Dem bekennenden Antik-Ufa-Filmliebhaber erinnerte die kleine Karen- an das schöne, kühl-aristokratisch anmutende Kuh-Gesicht der Irene von Meyendorff[21]. Er hatte eine gigantische und ungefüge VHS-Video-Kassetten-Sammlung mit diesen durchaus unzeitgemäßen Schmonzetten in seines Vaters Haus ... Der freche Hörstel schrieb damals, trotz und gerade wegen seines Irrenhausaufenthaltes, heftig an einem Buch, einem modernen, zeitgenössischen Gesellschafts-Roman, welchen er „Die Gefahr des Zwerges" nennen wollte.

---

[19] Eine von Sandro Botticelli (1445-1510) italienischer Maler der Frührenaissance gemalte Schönheit (1453-1476).
[20] Phäakin: Genießerin, Schwelgerin, Angehörige eines antiken, sportlichen Ruder- und Seefahrervolkes.
[21] Irene Isabella Margarethe Paulina Caecilia Freiin von Meyendorff, 1916-2001

Von Literatur nun hatte unser bodenständiges, tatsachenfestes Linchen tatsächlich wenig Ahnung: Über Andrea Camilleris „Die Passion des stillen Rächers" und „Der Hund aus Terracotta" und einigen Bänden von Isabel Allende (darunter „Von Licht und Schatten", „Das Geisterhaus") war sie nicht hinausgekommen.

Sie war wohl der klassische Fachbuchleser! Für ansonstigen Schmonzes fehlte ihr, trotz ihrer Hyperempfindlichkeit, schlicht der Über-Sinn ... atemlos vor Eifersucht sprach sie das Mädchen Karen in der anstaltsbefohlenen, bewegungsmeditativen Therapie – Tai – Chi - Stunde beiläufig und belanglos an; freilich nur, um deren bestürzende Banalität zu enthüllen. Sowohl die schlimme, ätherisch anmutende Pünjer als auch „Robert der Hörstel" (wie sie ihn scherzhaft nannte) ent- schwanden ihrem Gesichtskreis. Hörstel schrieb ihr allerdings.

Mit gehöriger Verspätung und – ganz ordentlich, bürgerlich - nach Beendigung seiner „Affaire" (Robert selbst drückte sich, trotz seiner farbigen Tattos, schriftlich durchaus antiquiert aus) mit Karen Pünjer.

Ihren maladen, biertrinkenden und charakter- schwierigen Vater hätte sie nicht anrufen können. Die Großmutter war längst tot. Ihre Mutter war - schlicht sinnlos - genuin hedonistisch und interessenlos. Also blieb nur Robert der Hörstel.

Der natürlich war sofort an seinem neben dem brummenden, schweren und alten, milchig-gelblichen Computer stehenden Festnetztelefon zugegen und nahm prompt ab: „Höööööörstel!?" Er hatte sich die Dehnung des Namens von seinem mystisch veranlagten, alten Vater angewöhnt, mit dem er seit dem frühen Tod der Mutter eine riesige, aber verwahrloste und putzbröckelne Industriellen-Villa aus den späten 1860ern im Randgebiet und Weichbild eines Thüringer Grenzstädtchens zu Bayern bewohnte. Diese Immobilie nun wäre in jeder mittleren Stadt wertig, in kochenden und urbanen Zentrumslagen wohl unbezahlbar gewesen. So aber schützte die wirtschaftlich triste und malade ökonomische Lage im ehemaligen Zonenrandgebiet vor dem bösen Begehren wild und gierig gewordener Grundstückshaie, Makler und Spekulanten. Traurig sicher lag dieses Haus.

Dort nun, am Ende der Welt, bekam Robert der Hörstel einen Anruf von dem andern Ende der Welt und nahm sofort sehr erwartungsvoll ab. Er stellte den rauschenden CD-Player, der seit Stunden den fünften Satz aus der Orchestersuite „Der Bürger als Edelmann" (Richard Strauss) spielte, aus und plärrte mit seiner beinahe bereits fränkischen, dunklen Stimme: „Hörstel!?" „Liane hier!" „Du rufst an? Hatten wir doch noch nie! Wo steckst du?" Der kurze Brief-, Postkarten- und Mailwechsel brach nämlich, nachdem Roberts Vater zum bettlägerigen Pflegefall wurde und erst recht nach dem Tod des alten Jacob Hörstel im letzten Sommer ab. „Ich bin in Dänemark! Wie geht's dem Vater?" „Der is im Juni gestorben. Traf mich trotz Erwarten. Er war vorher lange Wochen bettlägerig. Wäre es so weiter gegangen, hätte ich mich gleich danebenlegen können. Ich wusste vorher nicht, wie enervierend das ist. Du kommst zu nichts anderem mehr ... Nicht zu sich selbst, zu nichts ... Erzähle ich dir. Ich erzähle es dir mal! Liane! Aber Liane! Deswegen rufste doch nich an!" Urplötzlich verliess unser Linchen sämtlicher Mut, Hörstel die letzten Tage und deren wirre Ereignisse zu erzählen. Sich keck stellend, frug sie deshalb provokativ nach Karen Pünjer. „Du weißt doch alles! Sie war ne wirklich schöne, sehr schöne Frau. Aber ihr dauerndes Gespinne über die Flacherde - Theorie und das Gesülze mit der Atombombenlüge. Weißt du darum? Und dann war es wohl ne waschechte Lesbe! Behauptete sie jedenfalls ständig selbst von sich, als ich den wirklich dringenden Wunsch äußerte, mit ihr in die Kiste zu steigen. Ne ... ne ... ich bin wirklich fertig, fertig mit dem Girlie!" Bei Robert schien ein wunder Punkt getroffen: Er redete sich regelrecht in wutige Rage. Auch er hatte seine drei nachmittagsüblichen Halbliterflaschen Frankenbräu schon hinter sich und lief nun heftig und aufgekratzt in seinem saalartig großen, aber ungeheizten Arbeitszimmer mit dem Schnurlostelefon auf und ab!

„Das Ende war dann reines, lauwarmes Verständigungs-Gesülze ihrerseits! So wie: Ich kann nicht mit dir schlafen, ich fühle mich wie gehäutet danach, jedesmal wenn ich mit einem Mann schlafe, fühle ich mich hautabgezogen und so fort und so fort. Als hätte sie Laberwasser getrunken. Das waren dann nur noch pathetische Camouflagen. So in der Art: Lass uns doch Freunde bleiben. War wirklich nicht mehr zu hören. Scheiß Circulus vitiosus[22]! Es klappt nicht in und mit meinem Leben! Scheiß – Leben! Scheiß – Lebchen! Was Jupiter kann, ist eben dem Rind noch lange nicht erlaubt. Alte römische Weisheit!" Er lachte jetzt leicht und böse ins Telefon. Es konnte aber auch Resignation sein.

Oder Verbitterung: „Leben! Lebchen ... Im falschen Diminuitiv klingt es nicht so schlimm! Haste meine neuste Erzählung gelesen? Habe ich ausschließlich über diese Sache mit ihr und mir gemacht! Hat sogar ein Verleger geschluckt! Kennste den Eugen – Palm – Verlag in Neustadt? Der umstrittene Andre Bremer macht den jetzt!"

---

[22]Circulus vitiosus: lat.: „schädlicher Kreis", Teufelskreis: ein System, in dem mehrere Faktoren sich gegenseitig verstärken und so einen Zustand immer weiter verschlechtern.

Liane kannte ihn nicht. Weder den einen, noch den anderen. Sie kannte Neustadt nicht und Herrn Bremer nicht. Davon gab's dutzende.

Liane wusste auch tatsächlich nichts über diese neuere, ja neuste und eitle, nobelpreisverdächtige Super-Wert-Publikation von Robert, dem wichtignehmerischen Über-Hörstel. Der machte doch rein und pur nur seinen eigenbrötlerischen Stiefel. Schrieb. Schrieb und schrieb! Für was? Für wen? Fuhr einmal die Woche zum nahen Aldi.Schrieb sodann, mit Bier und Käse versehen, weiter. Immer weiter ... seinem Glück hinterher[23] ...

Sie tat ihm natürlich Unrecht! Er musste viel nachholen. Sein Leben verhockte und versiebte er mit schmerzender Morgenlatte in diesem pissigen Abrißhaus. Unterbrochen eigentlich nur von den immer seltener werdenden Besuchen seines Langzeit-Schulfreundes Olaf Zeitheim. Er fand einfach keinen Absprung aus der billigen Bequemlichkeit des für ihn gebärmutterhaft-sicheren, feuchtwarm und sehr heimatlich anmutenden Lebensraumes dieses Gebäudes. Aus dem lebens-bestimmenden Wunsch nach kräftiger Selbst-verwirklichung des von ihm durch eigene Bücher zu Sagenden geriet er unversehens in eine babylonische Gefangenschaft: Robert verblieb in seinem Elternhaus.

---

[23] Textfragment aus dem Hans-Albers-Lied „Good by Johnny" aus dem Film „Wasser für Canitoga", 1939.

Woanders hätte er mieten müssen. Dazu war kein Geld da. Da hätte er ja fremdbestimmt arbeiten müssen! Arbeit! Hörstel selbst schüttelte sich angewidert bei diesem Gedanken. So legte er sich in eigene, feste und schwere Ketten. Vater bezahlte von der Ruhestands-Abfindung als einstiger Chef des Lederwerkes und von irgendeiner ausgezahlten Lebensversicherungssumme das amish-hafte Leben des Sohnes. Es liegt wohl scheinbar auf der Langlebigkeit mancher Eltern kein Segen: Robert Hörstels Vater Jacob! Immerwährende Verfügungsbereitschaft.

Vater hinten, Vater vorn. Er war allgegenwärtig. Muss doch letztlich eine Erleichterung für ihn gewesen sein, als der Alte starb.

Line hatte sowieso nur eingeschränktes Mitleid mit dem Alter: sie meinte immer flapsig, dieses hielte sich bei ihr aus dem Grund in eng bemessenen Grenzen, weil die Alten ja bereits lebendig waren, als man selbst noch tot war! Da hätte von denen auch niemand Mitleid mit ihr gehabt! Versteht ihr den Nexus? Während der gemeinsamen Psychiatriezeit im Sommer vor anderthalb Jahren jedenfalls lebte er, der Jakob Hörstel, noch. Was war eigentlich mit seiner Mutter? Die Frage hatte sie sich noch nicht gestellt.

Robert sprach nie über seine Mutter, sondern nur ausführlich-monologisierend über seine Skribifax-

Projekte und über tote Philosophen und angejahrte Philosophie ... Das tat er wohl auch permanent mit der kleinen, süßhintrigen Flacherde-Theoretikerin Karen. Kicher! Die wurde ihm schlicht zu mystisch!

Ob Robbi mit dem Biest geschlafen hatte? Und die war wohl auch sicher entsetzlich hedonistisch. Beides Eigenschaften, mit denen unser reeller Robert wenig, durchaus sehr wenig anzufangen wusste. Da wäre er bei ihr, Liane Kroyer, bei Linchen sehr auf der sicheren Seite gewesen. Mystisch und verschwörungstheoriebehaftet war sie nämlich nicht. Garnicht. Überhaupt nicht! Und gerade deshalb verließ sie der Mut, ihm heute, jetzt, abends und nächtens ihre Story mit Fund und Raben zu erzählen. Nein! Nicht heute. Heute nicht, dachte Liane.

„Sorry, ich muss auflegen, es klingelt gerade an der Tür." Rasch entschlossen, log und kicherte sie. „Ja! Tschüß. Auf bald." Robert hinterließ sie zumindest sehr verwundert, traurig und leicht unentschlossen-ratlos.

Aber da dies ohnehin sein Haupt- und Lebens- stimmungszustand war, fiel es ihm selbst nicht fühlbar auf. Er ging zum Fenster und öffnete die klapprigen Flügel. Letzte Vögel sangen zaghaft. Draußen rauschten Wald und der nahe, noch wilde Fluss.

Der schmale Oberlauf der Saale, welche ruhig und breit geworden, auch an Lianes Bernburg-Heimat vorbeifließt. Dieses Wasser erreicht auch dich, Liane, dachte er, ruhig atmend und bohrte versonnen in seiner Nase. Popeln ist Menschenrecht; ein häufig gebrauchter Spruch vom Robbi. Irgendwoher ertönte aufgesetztes, raues Männergelache von Betrunkenen.

Das Schlagwerk der Stadtkirche schepperte mit lächerlichen Minuten Verspätung eine Abendstunde. Es war auch schier gleichgültig, welche. In dunkler Stimmung hörte er das Läuten der Zeit. Sie ging sowieso falsch. So wie wohl alles falsch ging. Ohnehin war die Zeit in diesem Hause kaputt[24]. Fern hörte er Rabenkrächzen. Der Nachtrabe, dachte er. Nachtrabe! Seine kranke Mutter benutzte dieses Wort oft.

Er verlor sie in den 1970ern. Robert war damals zwölf. Damals, im Osten! In tiefer, tiefster Ostzeit ... Er sah noch ihr bleiches, hoffnungslos gewordenes, harmloses Gesicht in dem riesigen Krankenhausbau der entfernten Bezirksstadt. Endlose Gänge! Ubiquitärer[25] Hygiene-

---

[24]Albers, Hans; im 1943er Ufa-Film „Münchausen", Baron Hieronymus v. M. sagt zu seinem Diener, eine defekte Uhr im Blick, „Die Zeit ist kaputt (...)". Dieses Bemerken von Albers/Münchausen galt als potentiell subversiv und subtile Kritik am damaligen Regime – das Drehbuch zum Film schrieb übrigens Erich Kästner, ohne im Abspann genannt zu werden. Unser aktueller Romanheld Robert Hörstel wusste um diese Deutung und benutzte diesen Kurz-Satz oft!
[25]Hier im Sinn von „allgegenwärtig" gemeint.

geruch und noch etwas merkwürdig anderes! Das Andere! Der Tod! Beklemmung erfasste ihn.

Er bekam Herzklopfen. Da hacken sie sich die Köpfe im Alltäglichen entzwei und doch geht es nur um das Eine! Wieder um einen Tag ärmer, dachte er und er dachte auch an Liane. Dänemark? Er kannte sie nicht als Reisetante und Urlaubsfanatikerin. Niemals! Niemals? Es wird sich aufklären! Langsam ging Hörstel zu seinem brummenden Computerberg zurück.

Mit einem geräuschvollen „Plopp" öffnete er mittels eines sehr zerbissenen Taschen-Kamm die vierte Flasche Bier, nahm seine giftig-grüne Abend-Tavor-Pille dazu und hörte sitzend auf das Rauschen der Nacht vom nahen Wald und Fluss. „Du Versagerheld!" dachte er laut zu sich selbst. Erst viel später verschloss Robert sorgfältig und vorsichtig mit einem Anflug von biedermeierlicher Spitzweg-Betulichkeit die Fensterläden und beide Fensterflügel.

Schlief bereits pillenschwer und bierselig in seinem zu kurzen alten Bett, als der gewaltige Gründerzeit-regulator draußen im großen Treppenhaus tosend Mitternacht schlug: „Eine dieser Stunden wird deine letzte sein!" dachte er im Schlaf und ein rauschender, todeserotischer Ufa-Film[26] des vorletzten Kriegsjahres

---

[26]Es war wohl V.Harlans 1944er „Opfergang", welcher sich

mischte seine verschossenen, altmeisterlich nach-
gedunkelten, fast surrealen Farben in seinen Traum.

Hörstel war vor anderthalb Jahren mitnichten in einer
Tinnitusgruppe: Er war in schwerer Depressions-
therapie. Stunden später: Über dem Wald ging die Sonne
auf. Ein Vogel sang mit erschreckender und deutlicher
Klarheit sein Morgenlied. Das Schlafzimmer war absolut
dunkel. Eine schwere, dichtgewebte Decke aus Wolle
hing vor dem klapprigen Fenster, welches von außen mit
italianisierenden Fensterläden verschlossen war. Er
schüttelte sich. Zeit, aufzustehen.

Robert furzte laut knatternd, urinierte ungeniert
plätschernd in sein irdenes Nachtgeschirr und
überdachte dabei das gestrige Telefonat. Nicht dass ihm
Liane jetzt absolut und vordergründig wichtig gewesen
wäre! Aber in ihrer immer brauch- und gebrauchbaren,
stets verzehrfähigen und im intellektuellen Freundes-
kreis vorzeigbaren Middlebrow-Bildung war mit ihr
zumindest eine Kommunikation möglich, welche ihn nicht
nach ner kurzen Viertelstunde gähnend und prompt

---

in Roberts Traum mengte: Ab der achten Filmminute ist in
dem – *unabsichtlich* morbiden - Streifen erstmals eine
geräuschvoll schlagende, spätbarocke Bodenstanduhr mit
dem für diesen Farbfilm und seine Handlung wichtig
erscheinenden, extra auf einer Platte, die zeitgenössische
Orginalität vortäuschen sollte, angebrachten Spruch-Motto
zu sehen.

langweilte. Und einen schönen Hintern hat sie, unsere Venus Kallipygos ... Die Prachthintrige!

Was nun wollte Liane gestern? Was wollte sie? Sie wollte doch etwas?

Seine Gedanken sprangen wieder zu Karen Pünjer, dem Mädchen mit den kindhaften, tatsächlich etwas zu großen Augen. Mit der kleinen Entfernung zwischen Nase und Mund. War sie eine Schale aus Pappmache, in die ich goldene Äpfel legte, überlegte er, autistisch-versonnen. N' schöner Titel für die Story, dieses umgewandelte Zitat des Olympiers[27]: "Die Schale aus Pappmache", der Plot handelnd in den morbiden, vorwendlichen Straßenschluchten von Chemnitz (er dachte doch tatsächlich "Karl-Marx-Stadt"!) und es dem Dr. Bremer in seinem verkifften Neustädter Büro anbieten.

Er überlegte an diesem Sonnabendvormittag zu einem Floh- und Antikmarkt in diese zwei Stunden entfernte Stadt zu fahren. Robert überlegte hin- und her, machte in seinem träg – wachem Geiste eine tabellarische Aufstellung aller Vor- und Nachteile dieses Sonntagsausfluges, dessen Ursache er bereits Wochen vorher in seinen winzigen, in grünes Wachstuch (natürlich war es schlichte Plastikfolie!) eingebundenen

---

[27] „Frauen sind silberne Schalen, in die wir goldene Äpfel legen." Goethe in Eckermanns Gesprächen …

Taschenkalender der Firma Idena notierte: „In Chemnitz - Röhrsdorf Antikmarkt!" Eigentlich wollte er Zeitheim abholen und hinfahren. „Bleib mit deinem Arsch daheim", kontrastierte in seiner geistigen Tabellen-Liste mit der hoffnungsvollen These, im Markttreiben vielleicht die Frau seiner Träume kennen zu lernen. Klar! Das geht so einfach! Verse des Dichters Christopher Marlowe fielen ihm ein: „Wer liebte je und nicht beim ersten Blick?"

Die Kugel würde im Roulettekessel schnarren und scheppern ... und dann, klack, klack, klack, auf die eine, einzeln gesetzte Zahl fallen: Straight-Up, Volle Zahl, nicht Plein und nicht Cheval: Mitten auf dem Antikmarkt würde er *s i e* sehen. Ganz plötzlich! Er wünschte, seine Existenz mittels eines alten Vervielfältigungsgerätes der Marke „Scharlograph" oder „Ormick" doppeln zu können! In einer Variante, natürlich nicht im Original - Leben, würde sie ihm schon begegnen: Die imaginäre *„Sie"* verkauft ihm – fast umsonst - ein auf Flohmärkten tatsächlich nie zu habendes und lang gesuchtes biedermeierliches, messingglänzendes Döbereiner-Feuerzeug und Stunden später bereits fickt er das Weibsbildlein auf der geräumigen Rückbank seines ältlichen Autos (von Robert in allgemeiner Ermanglung von allem als „Oldtimer" verhätschelt), auf einem straßenabgelegenen, seitlich einbiegenden und schmalen, uneinsehbaren Waldweg!

So seine erotischen Tagträume. Er blieb daheim ... und machte sich Spaghetti mit Tomatensauce aus einer länglichen Billigmarkt-Papp-Verpackung. Auch war er ja erst relativ spät aufgestanden.

Als Hörstel in einem im ehemaligen Kasernengelände am Rande der Stadt befindlichen Einkaufsmarkt aus einem spontanen Hungergefühl heraus seinen Abend-Imbiss - eine schweinerne Jagdwurst, eine doppelte Semmel und einen Orangensaft in einem Plastikbehältnis - holte, begab es sich, dass ihn ein vor ihm an der Kasse anstehender, kleiner und zerknitterter, graubärtiger Mann mit großer Zahnlücke und den Augen eines Ziegenbocks ansprach. Dieser Mensch hatte eine bunte Papp-Packung kleinster Jägermeister – Schnaps-fläschlein auf dem schwarzen Kassenband liegen, welches die Glasflaschen durch seine ruckartige Bewegung zum Klirren brachte.

Wohl dadurch peinlich berührt, begann er zu plappern: „Ich war gerade an dar Esso un ha mir ne Packung Börtn geholt!" Robert war traditionell zu unreagibel, zudem übrigens Nichtraucher, um sofort zu begreifen, dass es sich bei Burton um eine Zigarettenmarke, wohl Filterzigarillos mit geringerer Steuer und damit automatisch geringeren Preises handelt. Robert war in solchen Dingen unendlich dumm.

„Zwoachtzig für 25 Stück! Dafür kannst se nehmen." Gott, großer grundgütiger Gott, dachte er.Er wusste, dass Tabak mit irgendwie über 70% des Gesamtpreises mit die am höchsten besteuerte Ware (neben Benzin) dieser Bundesrepublik der 2000er Jahre war ...

Plötzlich Handyklingeln: Liane! Oh! Oh! Er ging sofort, nach nur kurzem Fiepen an seinen ältlichen Apparat, den er mangels geeigneter Tasche in einem sackartigen kleinen Frotteewaschlappen in der Tasche seiner verbeulten und zu weiten Jeanshose trug.

Liane

In Dänemark ging gerade die Sonne auf. Vorfrühlings-
sonne! Heute rufe ich ihn an. Wenn heute kein Ausweg,
rufe ich ihn an. Liane hörte Autoreifen auf dem
knirschenden Strandkies ihrer Ferienhauseinfahrt.
Neugierig schob sie die weißen und billigen Ferienhaus-
Plastik-Baumarkt-Lamellenrollos auseinander: Ogott-
ogott! Ein großer, dunkelgrüner Saab mit dänischer
Nummer (welche sollte es auch sonst sein, etwa eine aus
Lichtenstein, Timbuktu oder Togo??) und dahinter ein
Polizeiauto. Vor Schreck musste sie nochmals schnell
defäkieren. Noch im Hochnesteln der arschengen Jeans
begriffen, öffnete sie. Das heftige Klopfen hatte sie
bereits auf dem Abort gehört. Ihr Herz schlug laut und
übertönte völlig die Umgebungsgeräusche! Gib dem
Pech eine Chance, dachte sie resigniert. Es schien ihr so,
als ob sie keine Gelenke, sondern nur Wattebäusche
hätte ... Mit starkem Händezittern öffnete sie die Glastür
des roten Ferienhauses. Sie erkannte blickrasch die zur
Fülle neigende Ämtererscheinung der rotblonden Chefin
der hiesigen Bodendenkmalpflege. Dahinter ein
uniformierter Polizist mit weder merk- noch
erinnerbarem Schafsgesicht. Rasch hatte sie sich wieder
im Griff! In ihrem drollig-hüpfenden Akzent und mit
kurzen, asthmabedingten Sprechpausen sagte Jyte
Bodil Hansen:

"Good Dag, Line! Moons hatte einen Autounfall! Wann hast du ihn das letztemal auf Knudskov gesehen?"

Der Uniformierte drängte die dicke Hansen wenig höflich zur Seite. „Wir müssen dich zur Aussage mit auf die Station nehmen. Bitte, wir müssen ein Protokoll machen." Das erste Mal nun ging Liane das ewige, distanzlose „Du" auf den Wecker! Auch er sprach Deutsch! Das taten aus der mittleren Generation der Dänen übrigens alle; alle, welche grenznahe deutsches Kinderfernsehen der 1970er und 1980er Jahren sahen, sprachen dieses einfache, wunderbare Kinder-TV-Deutsch.

Dänisches Kinderfernsehen bestand wohl in dieser Zeit vor der Zeit tatsächlich nur aus einem älteren Mann, welcher monoton aus einem Märchenbuch vorlas. So zumindest im Bericht von Jyte, welche als zweiten Vornamen das Wortungetüm Bodil trug. Liane assoziierte den Namensbegriff Bodil immer mit „Krokodil". „Klar! Sofort! Ich zieh' mit nur ne Jacke drüber!" Sie sagte „drüber", nicht „über". Beim Einsteigen in das Polizeiauto, übrigens ein weißer Volvo, fiel unserem Linchen wieder das Base-Cup in den Kies. Rasch und verlegen bückte sie sich danach. Der Uniformierte, ihr die Fondtür aufhaltend, konnte glupschäugig ihren hübschen Birnenhintern während des raschen Aufhebevorganges bewundern. Kurze Fahrt in die nahe Stadt. Backsteingebäude in Nähe des Kvickli-Marktes.

Türenschlagen, ein gleichgültiges Büro, mit einer Karte Sjaellands ausgestattet und dem unvermeidlichen Dronning-Portrait einer noch fast jugendlichen Margrethe II. „Du weißt, dass du die Wahrheit sagen musst!" „Was ist mit Herrn Axtholm passiert?" „Die Fragen stelle ich hier. Wann hast du Moons die vergangenen Tage gesehen?" „Das letzte Mal war er vorgestern auf Knudshoved Odde. Er arbeitete mit dem Radlader." „Seitdem nicht wieder?" „Nein! Was ist mit ihm?" „Moons hatte gestern mit seinem gamle[28] Bil[29] einen Unfall. Er liegt im Kongeligen Hospitalet in Roskilde. Es sieht nicht gut aus." Er nickte ungekünstelt traurig und resigniert bei seinen Worten und setzte hinzu: „So ist es immer." Diese mit trübem Pudelgesicht auszusprechende fatalistische dänische Floskel durfte hier nicht fehlen. Liane begann prompt zu kichern. Jetzt wurde der Polizist erregt. Er fiel ins offizielle „Sie"! Das konnte er auch! Sichtbar böse sagte der Uniformierte scharf-pissig: „Warum lachen Sie? Da gibt es nichts zu lachen!" Im Nu war Liane verschüchtert und ihr Herz klopfte wieder stärker.

---

[28]gamle: alt; das Wort überlebte in unserer Sprache als: „vergammelt".

[29]Dänisch für: Automobil. Während wir die zwei ersten Silben zur Verkürzung des Wortes gebrauchen, nehmen unsere nördlichen Nachbarn die letzte Silbe.

„Antworte jetzt nur auf meine Fragen! Was war das für ein Gegenstand in seinem Auto?" In Liane begann es jetzt erkenntnismäßig zu dämmern. Ah! Dieser Scheißkerl! Aha! Jetzt aber fix blöd stellen!

„War dieser Gegenstand aus der Grabungsstätte des Knudskov?" Liane setzte ihr kühlstes Gesicht auf und sagte eisig: „Ich weiß durch Sie, lieber und verehrter Herr Criminal-Comissär, erst seit dieser Minute vom Unfall Ihres dänischen Mitarbeiters, wie soll ich da von Gegenständen in seinem Auto wissen? Ein Verbandskasten vielleicht? Ein Warndreieck?" „Er ist nicht mein Mitarbeiter" zischte der dänische Polizist. „Und Zynismus mit Sanikasten können Sie sparen!" Er sprang erregt auf und öffnete die Tür: „Jyte!" Lianes Chefin kam asthmatisch in das Vernehmungszimmer gewatschelt. Der Däne überschüttete die Dänin mit einem raschen Kommunikations – Schwall, während er redete, deutete seine fahrige Handbewegung immer wieder auf Line. Der nun wurde heiß und kalt. Jyte Bodil Hansen setzte sich nun ihrerseits zu Liane an den plastikfurnierten IKEA-Tisch der Büroausstattung. Durch die offene Tür zum Nachbarzimmer sah sie den Vernehmer rauchen (Prins Denmark) und an einem sehr großen, verkrauteten Aquarium mit einem Kescher hantieren.

„Liane! Die Spurensicherung fand in dem ausgebrannten Volvo vom Axtholm ein prähistorisches Artefakt. Weißt du etwas darüber?" begann sie mütterlich, aber lauernd. „Es war ein römischer Dolch, der Dolch eines Legionärs, sensationell erhalten, ein Militärdolch, man konnte im Ultraschallbad sogar Reste der Holzscheide und des Gürtelleders finden. Er ist jetzt im Landesmuseum beim Metall-Restaurator.

Der meint, sogar bereits Emaileinlagen und Glasfluss und Silberdrähte als Verzierung entdeckt zu haben. Ich habe das gerade auf der Fahrt zu dir erfahren."

Liane gab sich interessiert, aber ihre Gedanken waren wo anders: Deswegen diese Zepter- oder Handgranatenform ... ein Pugio, ein Dolch also ... „Wo kann er den nur herhaben? Weißt du was, Liane? Vom Knudskov kann der doch nicht sein?

Oder hast du irgendeinen Fundzusammenhang dort gehabt, der auf Römische Kaiserzeit schließen lassen würde?" „Nie! Niemals! Immer nur diese Erdverfärbungen ehemaliger Pfostenenden und die ewigen, grobgemagerten Scherben." log Line rasch. Sie sagte zwar die Wahrheit über ihre bisherige Tätigkeit und deren Ergebnisse, aber nicht über ihren Rabenfund!

Robert! Ich muss Robert anrufen, dachte sie. Dieser kauzige, aber fähige Heuristiker kann hier Aufklärung bringen! Könnte hier flugs Aufklärung bringen, ergänzte

74

sie ihren eigenen Gedanken selbstkritisch, der ihr großartig dünkte. Genau! Heuristik! Kommt vom griechischen „heurisko": „ich finde"!

Und Liane bewunderte selbstverliebt ihren eigenen Scharfsinn! Die Kunst, mit begrenztem Wissen und unvollständigen Informationen dennoch zu wahrscheinlichen Aussagen zu kommen, bewies der Über-Hörstel bereits während ihrer gemeinsamen Irrenhauszeit in den Gruppentherapie-Streitgesprächen mit dem dicken, scharf rotfleckig rasierten Doktor Pink, einem starkgeistigen, noch nicht allzu alten Therapeuten mit dem Aussehen eines agilen rosa Bären!

„Liane ... Liaaaane! Antworte bitte!" Oh, sie war unaufmerksam. Ihre Gedanken vegierten. „Mehr kann ich zum armen Moons nicht sagen. Liebe Jyte! (Das log sie!) Vor zwei Tagen half er mir noch eifrig mit dem Minibagger das Planum für den neuen Grabungsdistrikt vorzubereiten." „Gut, Liane. Ich fahre dich jetzt zu deinem Bungalow". Jyte sprach Bungalow mit starker amerikanischer Lautverzerrung aus, die Dänen waren fast allesamt ziemlich heftig anglophil angehaucht. Es klang wie: Bäääägelohhh!

Jytes englischgrüner Saab 9000 fuhr, von Jyte Bodil Hansen gesteuert, fast geräuschlos und nur mit einem minimalen metallischen Rauschen rasch zum roten Ferienhaus.

Kurzer Abschied von Jyte und die Frage, ob Line ihre Arbeit morgen wieder aufnimmt und Schluss-Ende. Die dänische Mentalität schwankt oft beinah stufenlos zwischen klebriger Höflichkeit und kühler Gleichgültigkeit.

Im Haus war der erste Gang zum Bierkasten im ungeheizten zweiten Schlafzimmer. Plopp! Der Deckel flog irgendwo zwischen TV-Gerät und das geschmacklos knallrote Sidebord. Linchen hatte Schwung drauf! Unkunkunkunkunk, ahhhhhhhh ... schon war die 0,33-Literflasche mit Spar-Pilsener geleert. Jetzt konnte sie allmählich wieder denken.

Fix eine zweite Flasche! Moons, das Ferkel! Dieses falsche Schwein! Diese Sau! Dieses Rattengewitter! Er war in ihrer Bude! Er war das mit dem Diebstahl! Sie saß vor Enttäuschung, Wut, Ärger auf sich selbst, starr im geblümten Ohrensessel des Ferienhauses. Dieser Sessel war verantwortlich für die Gemütlichkeit in diesem Hause. Die Dänen nannten es „Hyggelig"! Gemütlichkeit! Scheiß-„Hygge"!!! Ihre Augen blickten ins Leere! Sie saß, wie paralysiert, in diesem buntgeblümten, teefleckigen Sessel, welcher mit einem großen Leinentuch überhängt war. Wie auf dem bekannten Bild, welches Lenin diskutierend zwischen irgendwelchen grimmigen wilden Ganoven-Primaten im Smolny zeigte. Nicht Lenin! Die Sessel im Bildhintergrund! Ein Blick auf ihre Armbanduhr: Später Nachmittag. Es klärt sich nichts!

Ich rufe jetzt Hörstel an! Die Wahlwiederholungstaste war rasch gedrückt und Robert war beunruhigenderweise so deutlich zu verstehen, als wäre er im Nachbarzimmer: „Liane!? Was isn??" Sie erzählte chronologisch, logisch unter Berücksichtigung ihrer Wissenslücken – und – unter Auslassung des Raben-Erlebnisses.

„Gut, Liane, in zwölf Stunden bin ich bei Dir. Ich muss allerdings mit der Eisenbahn fahren, weil von meinem Daimler W124 die demontierte Einspritzanlage in der Urwald-Schwarz-Werkstatt versehentlich in den Metall-Abfallcontainer geschmissen wurde!"

„Komm bitte Robert! Bitte, bitte! Ich bin ratlos!" Hörstel dachte milde: „Das bist Du leicht!" Und er sagte, nach kurzer Pause, die das Googeln des opulenten Reiseweges beanspruchte: „Erwarte mich in Rostock Fährhafen, morgen um 10:36h." Im Hörer klackte und knisterte es.

Robert begann bedächtig, seinen großen, schwarzen Seesack zu packen. Im fleckigen Badspiegel betrachtete er beim Urinieren sein Gesicht. Seit der Irrenhauszeit waren die Falten um seinen Mund schärfer geworden; dunkle Ringe unter den Augen. Würde er Liane erkennen? Sicher! Wird sie ihn erkennen? Eine Packung bunter Kondome nahm er instinktiv in sehr unsicherer Erwartung des Kommenden aus einem kleinen

Schubfach seines hohen Schreibschrankes. Danach lief Hörstel äußerst ungern zum provinziell-trist beleuchteten abendlichen Bahnhof. Dieser Ort schien ihm ein kraftloses Grauen auszuströmen. So wie es auf ihn auch Großstädte, Kaufhäuser und Menschenmassen taten. Er hatte jetzt schon starkes Heimweh nach seinem Zimmer und dem verwilderten, eingewachsenem Haus. Seiner Murksbude, wie er sie liebevoll-zynisch nannte ...

Einige Stunden später, Höhe Berlin: Vom Bahnviadukt aus sah er einen hell erleuchteten Supermarkt in der Tiefe vorüberfluten.

Die Bahn bremste ruckartig mit quietschendem Geräusch ab, wegen einem Signal oder dergleichen, Robert hatte Zeit, sich diese Szenerie zu vergegenwärtigen: Kleine Girls an der Kasse und eine Kopftuchfrau mit vielen Kindern beim Bezahlen. Mehrere Bänke vor ihm im fast leeren Wagen saß das schöne junge Pärchen, welches man immer auf Bahn-Reisen sieht. Auch diesmal! Brennender Neid, wie immer bei ihm.

Ein Mädchen, das lächelnd eine Zahnreihe zeigte, himmelte einen ihm gegenübersitzenden Pickel-Schüler an. Eine andere, blonde, mit den Augen einer Ziege, welche an der rechten Wagenflanke saß, hatte winzige Kopfhörer im Ohr und hörte enervierend - wummernde Musik.

Ein nächtlicher, fast schwarzer Friedhof flog rasch vorüber, kaum erkennbar nur an seinen über die Begrenzungsmauer ragenden, spitzen Denkmalen. Rasch ging die nächtliche Fahrt weiter. Er schlief, tat zumindest so, um nicht angesprochen zu werden.

Erinnerte sich, wie er im Frühjahr vergangenen Jahres in einem Anfall von Resignation auf eine Heiratsannonce in der jetzt auch mit farbiger Umschlagseite erscheinenden Tageszeitung schrieb. Hörstel dachte, es damals relativ entkrampft zu sehen: Erweiterte er doch durch diese Methodik seinen vorhandenen, aber eingefahrenen Bekanntenkreis – mit *all* den sich daraus ergebenden Optionen der Neuorientierung im persönlichen, *persönlichsten* Bereich.

In jedem Fall schärfen wir unsere zwischenmenschliche Kommunikationsfähigkeit, dachte er sich. Mehr nicht.

Aber man muss sich in diesem fairsten Glücksspiel der Welt (außer Roulette natürlich) auch am Spieltisch aktiv beteiligen, sonst besteht gar nicht die Möglichkeit eines eigenen Gewinnes. Über-Hörstel hatte keine unerhebliche Scheu!

Ausgerechnet Zeitheim: Er musste ihm raten! Dieser neunmalkluge, ewige Junggeselle! Zeitheim riet ihm damals, einen internetfähigen Computer zu kaufen. „Dort sind Partnerbörsen, Robert, dort logge dich ein!

Mache ein gutes Bild von dir und lasse um Gottes willen ein paar Jahre ab... Herrscher des Himmels, Ende Dreißig, das geht nicht, nach dem Motto: Ich hab ne fünfzehnjährige Tochter, die hat grade ihre Pille nich genommen, ein Enkel ist unterwegs. Du möglicher Großvater! N´ paar Jahre in der Beschreibung, dort nennen sie's Profil, nein, nein, nicht deine Reifentiefe, ablassen... Zwei, drei Jahre... Ehe du den Ausweis vorzeigen musst, wirst du durchaus vorher Deinen Schwanz vorzeigen müssen!"

Robert brüllte am anderen Ende der Leitung und fiel, von Lachkrämpfen geschüttelt, einfach auf seinen Holz-Dielen-Fußboden. Das war echter Zeitheim-Humor! Schade, dass seine Besuche seltener wurden. Er hatte wohl wieder Arbeit gefunden ... Ihn selbst dünkte dieser Gedanke sehr grauenhaft.

In Rostock sah er am Morgen, aus dem Zugfenster schauend, im Dunst den mächtigen Turm der Marienkirche und dachte an sein zerlesenes Sagen-Kinderbuch „Vom Räuber Vittig" im heimischen Bücherregal, welches eine anrührende Story über ein armes, verführtes Bleichermädchen und dessen unehrliches Still-Begräbnis enthielt: Im Moment der Beisetzung der Suizidlerin in ungeweihter Erde läuteten die mächtig dröhnenden Glocken von Sankt Marien wie durch Geisterhand: Schuld, Sühne, Gerechtigkeit ...

Im bahnhofshaften Fährgebäude der Skandinavien-Linien, großkotzig Terminal genannt, waren Hörstel und Linchen verabredet. Unmassen von LKW's warteten auf Abfertigung und Abfahrt. Verschlafen und fast somnambul tappten die Fahrer in ihren Jogginghosen und in Plastikschlappen schlurfend, die Bierbäuche bedenklichen Überhanges von schweißfleckigen T-Shirts bedeckt, zu den gebäudeinternen Toiletten. Die nun hörte er nahe und laut wie die Stanleyfälle rauschen. Oder entschied er sich im Geräuschs-Vergleich doch für die Niagarafälle? Robert hatte indes noch Zeit.

Die Autofähren aus dem dänischen Gedser kamen alle vier Stunden. Er schlief sofort auf einem der starren, unbequemen Plastikbänke im Sitzen ein.

Nach einer Zeit rascher, wirrer Träume, in denen er weiter Zug fuhr, wurde er zart aus dem Schlaf gestupst. Liane war da! Liane Kroyer. Schöner war sie geworden. Leicht schärferes Profil. Er schaute von seinem Sitzplatz nach oben: „Robert, wir müssen uns beeilen. Wir werden gleich mit dem Shuttle - Bus zur „Princess Benedicte" gebracht, Karte is für dich gelöst!" Sie fuchtelte mit kleinen Zetteln umher und erzeugte Hektik. Erst auf der Autofähre begrüßte sie den darob leicht verschnupften Robert mit Herzlichkeit und Wärme. „Los! Wir gehen jetzt ins Bordbuffet! Al included! Friss, was du kannst, steht da in Englisch. Du bist eingeladen. Bist du tatsächlich!

Jetzt haben wir wirklich Zeit!" Letzteres versicherte sie Robert Hörstel auf seinen fragenden Blick.

Am Ende des breiten Mittelganges angekommen, wartete hinter einem grellbeleuchteten Tresen mit moderner Registrierkasse eine füllige dänische Kassen- und Bezahl-Maid. Sie musterte Liane kaum merkbar verächtlich. Der sensible Robert sah das und sagte deshalb frech und maliziös, ja fast beleidigend zur marineblau uniformierten Maid: „Na!? Du bist hier wohl der Käp'n uff'm Kahn?" Die Kassiererin verstand den Gag nicht. Kaum einer verstand Hörstels Späße oder konnte gar darüber lachen.

Liane schüttelte sich indes vor Humor-Freude. Selbst nicht klein gewachsen, schaute sie kichernd und dankbar zu ihm auf und wies ihn auf die bugseitige Tischreihe des großen Raumes hin, wo nur noch wenige Plätze frei waren. Die nun boten einen überraschenden Blick durch große Fensterscheiben über den stählernen, spitzen Bug dieses Ungetüms zum freien Meer.

Für die Landratte Hörstel hatte dies alles durchaus Magie. Er sagte zu sich selbst: „Willkommen auf der Titanic, Sir. Willkommen an Bord", ging zum funkelnden Kaffeeautomaten und ließ sich einen großen Pott mit vier oder fünf Portionen sehr scharfen Mokkas voll.

Sodann lief er wie selbstverständlich zum Fischanteil des Buffetangebotes und häufte sich, geschickt zwei sich übereinander leicht überschneidende große Teller in der linken Hand haltend, diese mit teuer erscheinenden Salaten voll. Liane ordnete ihr schmales Marmeladen- und Ei-Frühstück neben drei ungeschickt salat-schaufelnden, lachsdeponierenden Personen in dünnen Addidas-Joggignhosen, welche in irgendeiner Ost-Sprache (Russisch war es nicht!) miteinander heftig und in einer einmaligen Pathetik, welche nur diesen Völkern eigen scheint, schnatterten...

Mit den Worten „Den Skoda fährst du danne!" schenkte sie sich ungeniert aus den auf dem Getränketresen in eckigen Tetra-Verpackungen bereitstehenden Rot-weinen ein großes Wasserglas voll. „Du bist ja voll drauf!", sagte Robert mit dem dunklen Stimmtimbre spürbarer Missbilligung.Liane wurde darauf leicht rot: „Robbi, jaaahh!" und stürzte das Glas mit Durst und Motivation herunter. Nun, dachte Robert, solange du noch dabei errötest, ist noch Hoffnung. Wenn Worte noch treffen ... Und er murmelte mit sehr vollem Fisch-salatmund zu sich selbst falsch die Hölderlin-Gedichtzeile: "Wo die Gefahr am größten, ist Rettung am nächsten ..."[30] Oder so ähnlich!

---

[30]Das Hölderlin-Original lautet: „Wo aber Gefahr ist, wächst das Rettende auch" Patmos, 1803 vollendete Hymne.

Liane sah Robert von der anderen Seite des Fenstertisches aus betrübt an. Sie hatte das zweite Wasserglas Tetrapack-Rotwein vor sich. Der Schiffskörper erzitterte stark unter einem Brecher. Es war Seegang. Riesige Wassermengen ergossen sich perlend und mit lautem Klatschen auf das Vorschiff und benetzten die tischnahen Fensterscheiben mit Gischt und Tropfen. „Es gibt Eismeldungen von der Majestic", scherzte Robert. „Die Linie aber fährt wie der Teufel!" Liane ging auf seine Scherze nicht ein: „Du, ich muss dir was sagen. Mir is'n Ding passiert!"

Robert nickte auffordernd, ohne sich beim dritten Teller Kartoffeln in sympatisch-werbender, cremfarbener, duftender Bernaise - Sauce nebst nicht so recht dazu passendem, unmittelbar benachbart und berggleich angehäuften Eiersalat stören zu lassen.

In großen Schlucken trank er gierig seine gehamsterten Espressos aus dem großen Kaffee-Pott und deutete mit seiner Hand, vollen Mundes unfähig zum Plappern, auf sein Ohr, was wohl so eine Art Hör- und Aufnahmebereitschaft andeuten sollte. Also redete Liane nach nur kurzem Stutzen weiter. Sie dämpfte ihre Stimme:

„Du kennst meine Situation nicht. Ich habe wirklich Angst." Liane wurde heiß und ihr Herz schlug schnell. „Es sind Dimensionen, von denen Du keine Ahnung hast."

Nur die Sache mit der Raben-Information verschweigend, erzählte sie das Geschehene. Robert klapperte leicht beleidigt (Dimensionen! Keine Ahnung!) mit dem Löffel, um den letzten Rest Bernaise-Sauce in seinem Mund zu bergen, wischte sich betulich mittels eines ungebügelten, blaukarierten Taschentuches seine verschmierte Schnute sowie den Bart ab und legte dann das Besteck, spießig anmutend, parallel auf den Teller. „Das is'n sattes Ding, Linchen! Das ist ein sattes Ding!" sagte er, sich wiederholend. Wobei offen blieb, ob das opulente Essen oder Lianes Erzählung gemeint sein könnte.

Er bog sich mit seinem Oberkörper über den Tisch, um sie besser verstehen zu können. Eine quäcksige Lautsprecherdurchsage unterbrach die beiden in ihrer fast konspirativ anmutenden Kommunikation: „Wir bitten die Fußgänger, sich an Treppe „B" einzufinden! Die Fähre erreicht in fünf Minuten den Hafen." Das wurde noch einmal in Englisch und Dänisch wiederholt.

„Komm, Linchen!", sagte Robert, während er seinen alten, groben Rucksack schulterte. Wieder der Robbi mit seinen ewigen Titanic-Gag's: „Höre, Line, so höre doch! Das Schiff hat einen Unfall erlitten, die Passagiere der ersten Kajüte sollen zu den Booten!"

Liane Kroyer ging stumm, wüchsig und mit durchgebogenem Rücken und ihrem aufgesetztem Leder-Base-Cap neben dem langen Hörstel. Manche schauten dem vermeintlichen Paar nach. Einige sogar neidisch! Auf dem zugigen Parkplatz des Fährhafens gab sie Robert den ältlich-großen Autoschlüssel und ging zur Beifahrertür. Möwen schrieen und schissen. Er sah mit einer Spur Missbilligung auf ihr bekleckertes Gefährt. Beim Einsteigen fiel Lianes Leder-Kappe auf den feuchten Asphalt. In ihrem Schoß spürte sie heftiges Pulsklopfen. Das Liane-Quartier lag in einer dieser dänemarkhäufigen, tristen, uniformen Freizeit-Siedlungen mit sehr, sehr vielen roten Bungalows. In der Nähe war ein verschilfter Kanal mit dunklem Wasser; über dessen Brücke fahrend, die Holzbohlen polterten. Robert schaute kurz in das Wasser: „Umkreisen wir den Teich, in dem die Wasserwege münden, ein Wind umweht uns frühlingsweich …" Georges Verse kamen ihm in den Sinn. Dann die Eigenen:

Mit „Komm, süße Nacht[31] …" zitierte Robert aus seinem dünnen Lyrikband halblaut eine seiner müden-apologetischen Gedicht-Auftakteulen[32].

---

[31]Eigentlich: „Komm, kühle Nacht. Verse", 1908, Lyrikband der Weimarer Autorin Toni Schwabe (1877-1955).
[32]Morgenstern, Christian (1871-1914): Alle Galgenlieder, Insel-Verlag.1941. „Ein Dreiviertelschwein und eine Auftakteule (…)".

Im roten Ferienhaus angekommen, sprach Robbi, sich umschauend. "Das ist also deine Gurkenfrische." Er sagte zu Lines erheblicher Belustigung „Gurkenfrische", nicht Sommerfrische und er umarmte die noch leicht beschwipste Liane von hinten. Sie fielen gemeinsam auf das bescheidene Hyggeligkeit ausströmende Stoffsofa. Line ließ es geschehen, gern geschehen, sie war lange, sehr lange mit keinem Mann zusammen. Ihr Flaumhaar stellte sich vor Erregung auf. War sie jemals mit einem Mann zusammen? Für den holzfällerhaft - libidinösen Hörstel war dieser Vorgang indes immer und permanent shamadigleich: Sex war die ihm absolut eigenes Weltleid lindernde, zu selten gespendete Kühlflüssigkeit auf den zerbeult-überhitzten Seelenkühler seiner Existenz.

Sie streifte prompt, ohne geringste Ziererei und Zicken den langen Pullover, Shirt und die rote Panty-Hose aus. Er sah ihre schönen, weißen und festen Brüste, den hohen Arsch und den seidigen Rücken und das lange, offene Blondhaar. Eine Geburt der Venus! Oder die einer kleinen, flatterhaften Nike?

Er griff nach ihren kleinen, himbeerfarbenen und sehr festen Brustwarzen. „Daran kann man ja ein Bild oder ein Schießgewehr aufhängen. Die haben ja die Festigkeit von Bakelit-Radiodrehknöpfen.", meinte er staunend und sie mussten beide lachen: „Ja! Auf meine Brüste bin ich auch wirklich stolz!"

Wieder fertig angezogen, stellte sie schwer atmend den Hartplaste-Wasserkocher an und begründete in seltsam kindhaftem Ton: „Ich muss den Wein-Schwips loswerden. Mit *dir* brauche ich das nicht!" Sie erzählte ihm jetzt auch hochrot und stockend die Raben – Story. Er reagierte anders als erwartet.

Nach dem Ficken war Robert indes immer sehr, sehr scharfsinnig! „Hast du andere halluzinative Erlebnisse gehabt? An der Uni? Hier in Dänemark? In letzter Zeit?", frug er im strengem, fast medizinischem Psychiater-Sachton. „Nein, Robbi!", antwortete sie kleinlaut. „Hm! Nun! Dann steckt etwas anderes dahinter, *jemand* anderes dahinter! Vielleicht Axtholm?! Axtholm?" Er holte seine lange Shag-Pfeife hervor, stopfte sie umständlich und begann dann heftig zu paffen.

„Liane! Jetzt brauche ich n' Cognac. Oder haste Aquavit?" Liane hatte beides. Natürlich hatte Linchen beides! Sie schenkte ihm ein Glas voll, bis er abwehrte. Selbst nahm sie nichts, obgleich ihr der milde Alkoholgeruch begierig ins feine Näschen stach.

„Axtholm is hier die Lösung!" sagte er nachdenklich. „Das deutet bereits der Diebstahl und die Fundsache im Unfall-Auto an." Liane nickte betrübt. Sie setzte sich so, dass er ihre Ptosis-Gesichtshälfte nicht sah. Der übersensible Hörstel bekam es mit und sprang heftig auf.

Dies gab ihm einen Stich ins Herz. Diese schöne Frau! Diese hingabewillige Frau!

Er küsste sie ungestüm feucht mehrfach mitten ins Gesicht und auf das betrübte Auge: „Das hast du vor mir nicht nötig! Kleine Nike von Samothrake[33]! Überhaupt nicht nötig." Robert Hörstel seinerseits bekam jetzt mondig verschwommene und nasse Augen. Liane rührte ihn sehr. Und sie erotisierte ihn. Oder war es mehr? Viel mehr? Viel, viel mehr? Er selbst nun wirkte mit seinem scharfen Profil und der Pfeife wie Sherlock Holmes. Liane sagte ihm das und wischte jetzt an seinem Gesicht herum. Beide lachten. Robert wurde rasch wieder ernst. Nach dem Ficken war er immer am geistesschärfsten und seine deduktiven Fähigkeiten und seine Clairvoyance waren am ausgeprägtesten.

„Lini! Sind dir psychedelische Substanzen bekannt? LSD, Ketamin oder Psilocybin? Und kennst du das Serotonin-syndrom?

Das glaube ich übrigens, als alter, sehr erfahrener großherzoglicher Irrenarzt, der ich im früheren Leben tatsächlich war, auch als Ursache für deine starken Muskelzuckungen! Das ist nämlich kein *tic nerveux* ! Nimmst du irgendwie irgendwelche Antidepressiva?"

---

[33]Eine griechische Skulptur aus parischen Marmor, Siegesgöttin, heute im Louvre. Die gaaaanz leicht üppigen Formen teilt die Statue mit unserer Heldin.

„Ja, ... aber nur leichtes Johanniskraut!" „Das enthält bereits genug Serotonin. Du warst damals im Irren-Home wegen deiner Scheiß-Psychosen in Behandlung. Da ist das profane Drogerie-Johanniskraut bereits eigentlich schon recht gefährlich. Es enthält Serotonin und kann in ner Überdosierung Halluzinationen erzeugen. Lass dir jetzt nochmal irgendwo Ketamin oder irgendwas anderes in den Tee gekrümelt haben, schon haste sowas! Damit is das hinreichend zu erklären!"

Sie: „Und wem soll das bitteschön nützen?" Sie saß wieder wie paralysiert überfordert in dem bunt-geblümten, teefleckigen Sessel, welcher fast vollständig mit einem großen, grobgewebten Leinentuch überhängt war. „Vielleicht um dich instrumentalisieren zu können? Vielleicht störst du irgendeinen Soundso? Vielleicht störst du *ihn* ? Vielleicht wollte er dich für wirre und aberwitzige Handlungen zu benutzen? Oder hat es bereits?" „Du meinst, zu so wirren und fleischlichen Handlungen, wie unsere heutige feuchte Sofa-geschichte?" Sie versuchte ein schiefes Lächeln. Er, leicht angepisst: „Quark! Das war ja durchaus nicht wirr, Du Eroticon!" „Das sagst du!" „Ich hatte eher dabei die Fundgeschichte im Kopf. Wir sollten uns Meister Moons einmal näher anschauen." „Der liegt im Königlichen Hospital!" „Das meine ich nicht. Den brauche ich nicht leibhaftig zu sehen. Nicht in Persona. Ich kann ihn mir vorstellen."

„Wo wohnt er?" „Irgendwie im Nyskolevej, oder Vigsnaesvej." Sie überlegte kurz. „In Öster Kippinge, einem Dorf, irgendwo am Sund", antwortete sie. Hier liegt alles schrecklich weit auseinander. Gehöfte, Häuser, Menschen. Keiner weiß etwas vom Anderen. Und gleichzeitig alles!" „Fahr mich hin!" „Wohin?" „Zum Haus oder meinethalben Hof dieses beschissenen Axtholm! Daheim wird er ja wohl kaum sein. Oder meintest du, ich mache mitleidstriefend und universalhumanistisch einen Krankenbesuch?" Liane Kroyer dachte nach. Das sah bei ihr immer leicht doof aus, da sie die Unterlippe dabei erheblich nach vorn schob. „Lass uns warten, bis es dunkel ist! Ich kann dann die Karre ohne Licht auf den Feldweg einbiegen lassen, an dessen Ende der Bauernhof liegt." „Woher weißt du das?" „Weil ich ne' aufregende und ausführliche Bettgeschichte mit dem Fettschwein hatte! Ich stehe nämlich auf Fett! Nääääää! Robbi! Rooooobi! Weil ich ihn mal nach Hause gefahren habe, als sein Scheiß-Volvo nicht ansprang." Diesmal küsste sie ihn lange. „Ich bin so froh, dass du gekommen bist. So froh.", wiederholte sie mit schwimmenden Augen. Sie war plötzlich tränennass. „Gut! Gut, mein kleines Kätzchen, kleines Fohlen." Er leckte ihr die Tränen weg.

„Können wir nicht bis zur Dunkelheit zu dieser Halbinsel fahren? Nach Knud-Dingsbums? Wo du ausgräbst? Ich würde das gerne sehen. Deine Halbinsel und deine Arbeit."

In Moons Axtholms Haus

Der weinrote eckige Skoda bog, ohne zu blinken, fast geräusch- und gänzlich lichtlos in den dunkel nach rechts abzweigenden Nyskolevej ein. Freies Feld. Irgendwo oben eine ganz schmale Mondsichel. Auf einem leichten Hügel beleuchtete Fenster. „Du! Der is daheim. Oder jemand anderes is da!" „Nein! Die Dänen, zumindest die Land- und Bauern-Dänen lassen Licht in ihrer Abwesenheit brennen." „Na dein Wort in Gottes Ohr, allerliebste Bettgeschichten-Lini!" „Siehste! Ich bin für dich nur ne Bettgeschichte!" „Das ist jetzt durchaus nicht unser Problem!" Er deutete auf das Auto unter der großen Hoflinde. „Das ist doch sein anderes Auto! Der Volvo ist Schrott und die andere Karre steht halt hier."

Es war ein riesiger, alter, selbst im jetzt angeknipsten mageren Scheinwerferlicht von Lines Auto seinen falben Gammelzustand nicht verbergen könnender SUV-Geländewagen eines wirklich kaum namensmerkbaren asiatischen Herstellers. „Zurück!" kommandierte er. „Nicht in diese Hof-Falle einfahren!"

Das beleuchtete Haupthaus aus Ziegelstein bildete mit den fast gleich hohen Stallgebäuden ein Quadrat, in dessen Mitte eine riesige, blätterlose Buche stand. Unter dieser stand nun Axtholms Zweitwagen, ein furchtbar rostiger Mitsubishi-Pajero der ersten Baugeneration aus den beginnenden 1980er Jahren.

Ein schwerer Tieflader-Autoanhänger war angekuppelt und gab dem Gefährt das Equipment und die Länge eines LKW's.

Eine kleine, im Dunklen schlecht erkennbare, gutshausartige Möchtegerntreppe mit bröckeligen Terrazzo-Stufen schönte das Wohnhaus in ein antik-angeberisches Aussehen.

„Hier weg! Hinter Haus oder Stall parken. Auto aus! Innen verriegeln! Warten! Autotür leise zuschlagen." Oh! Oh Ha! Er redete jetzt im Befehlston, wie der Kapitän eines leckgeschlagenen Dampfers, dachte sie.

„Ich schau mir das jetzt mal von innen an! Wir werden uns jetzt mit Erkenntnis anreichern." Typischer Hörstel-Originalton. Wir ersparen uns ein Bewerten. Liane stoppe das Fahrzeug und schaltete die Zündung aus. Die Beifahrertür klappte zu. Flugs verschluckte ihn die Dunkelheit. Die Haustür war verschlossen. Auch der Blick unter den lange schon nicht mehr gesäuberten Abtreter vor der farbblätternden Tür ergab nicht einen blinkenden Hausschlüssel, so wie Robert es von seinen lieben Rest-Mitteleuropäern kannte. Ein schmaler Fensterflügel neben der Tür, welcher einen Kontroll-Blick in den durch Sparglühlampen mager erhellten Flur freigab, war nur angelehnt. Schwups, war er mit sehr starkem Herzklopfen in Moons Axtholms Haus. Über-raschenderweise orientierte er sich relativ routiniert.

Links sah er die Küche durch eine halboffene Tür. Verkrustete Tellerberge häuften sich in der Edelstahlspüle und gefüllte Müllsäcke verminderten den Platz. Uninteressant! Das Wohnzimmer: Beherrscht durch ein riesiges, um die Zimmerecke geführtes helles Ledersofa. Die Oberflächen und Kanten dieses Möbels waren total zerkratzt. Gegenüber ein riesiger, moderner Flachbildschirm. Eine Glühbirne an einem Draht beleuchtete den Raum. Kein Bild, kein Buch, kein Nichts! Gelbliche Raufasertapete. Irgendwie roch es hier. Nach was? Er trat zur nächsten Tür. Schlafzimmer!

Ein quadratisches, ungemachtes und zerwühltes Bett stand mitten im Raum. Angewidert sah er die Satin-Bettwäsche in grellem Tigermuster. Wieder ein moderner, flacher Bildschirm genau gegenüber dieser scheußlich getigerten Bett-Fläche. Ein Fauchen! Er sah die Katze zu spät, die flink und in großen Sätzen durch die offene Stubentür flüchtete. Der nächste und letzte Raum mutete interessanter an. Buchregale und ein un-aufgeräumter alter Schreibtisch mit Computerbildschirm und verschiedenem Rauchzeug, Wasserpfeifen, Bechern voller Pfeifenasche, davor ein schwerer Stuhl aus den 1930ern. In einer klobigen Vitrine feine bronzezeitliche Fundstücke.

Ahhh! Schau an! Darunter auch grün und krustig patinierte Fragmente von so einem albernen Kessel oder Scheibe auf Rädern[34]!

Verlassen in einer Zimmerecke standen zwei bessere Metalldetektoren. Hörstel schaute sich die Buchtitel im Regal an. Englischsprachige dünne Bände zur Biochemie des Gehirns, antrophologische Fachliteratur von Südamerikareisenden, Blätter über Betäubungs-mittel, ärztliche Handreichungen über Ketamin, Pflanzen-lehrbücher, maschinenschriftliche Rezepte über Aufgusstinkturen aus einer südamerikanischen Lianenart aus dem oberen Amazonasgebiet. Ayahuasca! Klar! Ins Schwarze getroffen! Ein Psychodelikum! Seine ungefähre Ahnung hatte doch voll ins Schwarze getroffen! Volle Kanne! Robert gab sich kurz Gelegenheit, seinen eigenen, wirklich glänzenden Scharfsinn zu bewundern.

Das Arschloch! Dieses Riesenarschloch! Eine zweite Katze riss ihn schreckhaft aus seinen Gedanken, indem diese, aus dem Nichts der kleinen Bibliothek kommend, urplötzlich fauchend den Schreibtisch überquerte und dabei, von Robert nur durch Scheppern bemerkt, ein

---

[34]Sonnenwagen von Trundholm, im Nationalmuseum zu Kopenhagen. Um 1400 v. u. Z. Einer der wichtigsten Funde der europäischen Bronzezeit. 1902 beim Pflügen im Norden von Sjaelland in Dänemark entdeckt.

abgedeckeltes Porzellanschälchen umkippte. Hörstel beugte sich zu nahe und unnütz-interessiert über das Staubhäufchen, das sich jetzt statt im Inneren des kleinen Napfes auf der unreinlichen Platte des Schreibtisches befand.

Hmmm! Hohe Zeit, den Rückweg anzutreten, dachte er herzklopfend. Die Augen brannten ihm plötzlich. Gut! Schnell wieder raus zu Line und ihrem Auto. Raus, schnell zurück, durch die Tür, in die Stube. Hhhuah! Eine eigener Gedicht-Titel kam ihm in den Sinn: „Gott ohne Himmel". Warum ausgerechnet dieser?

Der Fußboden federte plötzlich und wurde weich. Ach du Scheiße! Da saß jemand, ihm den Rücken zukehrend, leicht leuchtend im Sessel! Ach du große Scheiße! Seine gesamte Körperbehaarung stellte sich auf. Er erkannte den Vater an dessen dämlicher Halbglatze. Was ist das? Die Herzfrequenz überschlug sich! Es war kein Schlagen mehr, es wurde zum Flimmern! Dem optischen Eindruck jetzt nur nicht nachgeben! Du halluzinierst, Ro, du halluzinierst, sprach er halblaut mit sich selbst. Ignoriere diese Sinneneindrücke! Und doch! Er sagte: „Vater?" Die Sesselgestalt drehte sich zu Robert um. „Ach du bist's, Sohn!" sagte der alte Hörstel wie selbstverständlich obenhin und schien ihn mit glasigen Augen in der Farbe von Stearin anzusehen. „Robby, was macht das Haus? Ich will nicht, daß du das Haus verkümmelst!

Hastes wohl schonne verkauft? Und hast du dir ne Frau gesucht? Robert! Das ist wichtig! Ich will Enkel haben.

Oder soll ich die ooooch noch selbst machen?" „Vater! Du bist doch tot! Du bist doch aber tot!" Der vermeintliche Vater wurde böse: „Das haste dir so gedacht! Bin ich nämlich garnicht! Ich bin quicklebendig! Sieh doch!"

Und die Gestalt stand auf und wurde größer. Robert wollte flüchten, allein seine Beine gehorchten ihm nicht. Wie zäh und am Boden angewachsen, kamen ihm jetzt seine Gliedmaßen vor. Der Übervater! Hörstel begann nun vor Angst und Hilflosigkeit mit der ihm völlig überfordernden Situation zu weinen. Plötzlich erschallte hinter ihm eine scharfe Frauenstimme: „Jacob! Was fällt dir ein! Ängstige das Kind nicht so!" Robert drehte sich um. Das machte Mühe und war anstrengend. „Mutter!", sagte er mühsam. Es schien in der Tür zwischen Bibliothek und Wohnstube hell seine Mutter zu stehen. Klatsch! Hatte er von ihr eine schallende Ohrfeige sitzen. Klatsch, noch eine! Die Mutter wurde plötzlich zu Liane, die ihn sehr schrill und verängstigt anschrie: „Du halluzinierst, Robbi! Du hast voll Halluzinationen! Raus hier!"

„Raus jetze!" und sie drängte ihm zum Flurfenster. Er musste kotzen. Sie schupste ihn weiter bis zum Auto, das im Standgas verdunkelt lief. Beide Türen standen offen.

Sie stieß ihn auf den Beifahrersitz und kuppelte Sekunden später ein. Das Fernlicht hatte sie bereits eingeschaltet.

Relativ schnell fahrend, polterten die Schraubenfedern donnernd auf Anschlag. Die Lichtkegel wippten heftig auf dem Feldweg. Robert erbrach sich nochmals mit vollem Schwall auf Richtung ihrer Fußmatten. „Robbi, Liebster, Lieber, was ist passiert???" frug sie atemlos.

Er hob nur in einer matten, schwachen Geste die Hand, schloss seine Augen und erbrach erneut mit lautem Schwall und geräuschvoll in den Fußraum. Nach zweimaligem heftigen Nach-Kotzen bloßer Magen-flüssigkeit und dem Trinken einer Liter-Kanne überheißen und ungesüßten starken Schwarztees begann Robert Hörstel im hyggelig geblümten Sessel des roten Ferienhaus zögernd, wenig, blass und verheult zu reden: „Linchen! Ich mach mich nie mehr heimlich über deinen Raben lustig! Nie mehr! Nie, nie mehr werde ich den Adel deiner Natur trüben!" Wieder eine typische Hörstel-Begrifflichkeit! „Es muss mit der Menge des inhalierten Dreckszeuges zusammenhängen! Ich meine die Qualität und Quantität der Halluzinationen! Dieser total emotionalen Traumbilder! DMT! Ich ahnte den Trug! Ich habe so'n richtigen Schwapps von dem Pulver-Scheiß auf Lunge genommen ..." Das Schwindelgefühl legte sich. Die Mundtrockenheit blieb. Rums!

Er war eingeschlafen. Schlief, offenen Mundes, im Sessel, drei Stunden. Als er irgendwann nach Mitternacht aufwachte, kroch er, immer noch zitternd, in Lianes Bett, zu ihr in den campingblauen Eskimo-Schlafsack, der das, was sie dann sofort taten, platzmäßig zwar behinderte, es aber indes nicht unmöglich machte.

Ein Morgen der Wahrheit

„Line, Liebste, komme bitte zu mir, in das Haus am Wald und Fluss. Meine Murksbude is geräumig ... Austernleben kann ich dir nicht bieten, aber Liebe ... Bitte! Ich ..." Sie legte ihre feminin langen Finger auf seinen Mund. „Ich weiß. Es wird alles besser sein, wenn ich zu dir komme." Sie streckte sich wohlig-sicher, drehte sich um und schob ihren nackten Birnenhintern inklusive Flaumbehaarung in Richtung von Hörstels leichtem Bauchansatz und war bereits wieder eingeschlafen. Er sah ihre seidigen, honigfarbenen Schultern und den schweren, mittelblonden Zopf. Schon schmatzte Liane wohlig im Schlaf. Vögel lärmten in den hausnahen alten Apfelbäumen: Amseln schlugen ihr Kiwitt. Robert huschte leise aus dem Schlafsack. Tappte auf bloßen Sohlen Richtung Bad-Tür: Er musste pinkeln. Unbedingt sogar! Mit Line kommt man ja dazu garnicht mehr! Zu nichts mehr! Sein täppisches Nachtgeschirr wird er wohl vergessen können, wenn Linchen bei ihm wohnen würde. Aber alles würde besser werden. Alles! Erleichtert furzte er leise, froh, es nicht im campingblauen Schlafsack getan zu haben. Der Mo – Fu: Morgen – Furz! Unzumutbar! Was sollte Liane von ihm denken ... Es klingelte plötzlich Sturm! Hörstel zuckte, aus seinen Gedanken gerissen, zusammen und zog sich flugs seinen karminroten, kimonoartigen Hausmantel an, den er im Gepäck vorsorglich mitnahm, öffnete Sekunden später die Tür. Er schaute nach dem Streifenwagen mit Blaulicht am Staketenzaun hinter der Hecke. Hörstel sah aus wie ein Kardinal im Purpur. „Wer sind Sie denn?", meinte der Uniformierte, missmutig zu Robert aufblickend. Im Hintergrund erblickte er eine dicke Frau im unförmigen Sackkleid heranwatscheln. „Ich bin Frau Kroyers Freund und hole Liane sofort!" „Ich bin schon da!" Die Schlafzimmertür klappte hinter ihr zu. Liane sah in Roberts Jogginganzug umwerfend aus.

Jytte Bodil Hansen quetschte sich durch die Terrassentür ins Innere des Ferienhauses. „Alles gut Liane!" sagte sie in ihrem lustig hüpfenden Akzent. „Wir haben alles! Gegen Axtholm liegt seit der Haussuchung ein Haftbefehl vor. Die Kollegen und ich waren heute früh in seinem Elternhaus in Kippinge. Wir sahen da manches, was ihn belastet. Manches Schlimme! Mehr kann ich dir nicht sagen, Liane. Gehst du eigentlich heute auf die Grabungsstätte?" „Ich wollte mit Rob, ... Robbi, Robert, Herrn Hörstel heute frei machen." Bei „Herrn Hörstel" verneigte sich Robert andeutungsweise, leicht und ganz mit der Würde eines Kirchenfürsten, zumindest aber mit der aristokratisch-lässigen Grandezza des Pacelli-Papstes[35]. „Gut, Line, wir brauchen dich aber für die Grabung. Du weißt es noch nicht: Die Ursache für Axtholms Unfall war wohl ein Bodenfund.

---

[35]Pius XII, Papst von 1939 bis 1958.

Eine Stabhandgranate des Zweiten Weltkrieges rollte ihm vom Sitz, zündete und verpuffte. Sie war sehr feucht, das war Moons Glück. Er wird wieder. Danach kann er sich für seine nicht abgelieferten Funde verantworten. Dieser dumme Junge! Er hatte sogar Radfragmente eines bronzezeitlichen Kultwagens gefunden und zurück gehalten … Wir sahen ihn! Du weißt, wie unser Trundholmer Prunkstück im Nationalmuseum." plapperte sie. Jyte, wohl erleichtert, dass ihre Liane durchaus mit starker Unschuld gesegnet war, hatte zum Missfallen des verdrießlich blickenden Polizisten ein unermüdliches, aufplusterndes Bedürfnis der Mitteilung und Rede: „Und mit Psychosubstanzen bastelte er herum! Ob er die auch selbst nahm? So LSD-artige Sachen! Und ein selbstgebastelter Aerosol – Zerstäuber mit bewusstseinsverändernden Inhalt, gekoppelt an einen batteriebetriebenen Bewegungs-melder fand ich im Wald, nahe bei deiner Grabungsstätte." Sie plapperte: „Mir wurde ganz schlecht und – stelle dir vor - ich hielt die Kollegen der Polizei plötzlich für Menschen vom Mars!"

Hörstel bekam jetzt einen Lachanfall! Er fiel einfach auf den Teppich! Er hatte keine Beine mehr vor Lachen! Einen solchen Lachanfall hatte er noch nie! Nie! Eingedenk seines bewegenden vorabendlichen eigenen Moons-Haus – Halluzinationserlebens dünkte ihn die dümmliche, plakative Erzählung der dicken Hansen dermaßen lach- und so derart salpstickhaft, dass er sich vor Kichern auf dem Boden wälzen musste.

Bei den Doofen bleiben selbst die Halluzination im Klischee stecken! „Wir nehmen Sie mit aufs Revier, wenn sie nicht aufhören!", zischte der Uniformierte.

Liane führte den immer noch glucksenden Robert ins Schlafzimmer und ging dann wieder in die Holzstube. Der Polizist verabschiedete sich rasch und ärgerlich mit schlagender Tür. Die Hansen auch, nur herzlicher, aber dennoch sichtbar pikiert und blass durch Hörstels Humoranfall, von Liane.

„Warum hast du ihnen nichts von dem Einbruch hier erzählt?" Noch ehe Robbi den Satz beendet, griff er sich an den Kopf. "Natürlich! Doppelter Unsinn von mir! Du hättest dann ja zugeben müssen ..." „Was hätte ich zugeben müssen, Kardinal Klugscheiße?" „Nichts, meine Päpstin, Weltherrscherin, nix, garnichts ..." „Warum und wieso hast du eigentlich denen nichts von deinem, von unserem gemeinsamen Hausbesuch bei Axtholm berichtet, herzliebster Robbi?"

„Weil ich mich das nicht traute", antwortete er schlicht, mit hängenden Armen und zum Boden blickend. „Und weil ich dann auch hätte zugeben müssen, geklaut zu haben!" „Wieso? Wieso geklaut? Was geklaut?" Liane schaute verblüfft. „Unser spendabler Moons hatte aus seinem kleinen Rauschgift - Business und psychedelischen Sudelküchenbetrieb, dem er wohl anhing, einen opulenten Stapel Bargeld in der Schreibtischschublade. Nur größte Scheine!

Ich habe da kaum ein schlechtes Gewissen, so wie dich der Arsch traktierte! Ich bin nicht so degeneriertspinnert, dass ich der ehrbare und ehrliche, aber dafür strunzdoofe Bürger bin. Für diesen Luxus bin ich übrigens auch zu arm. Viel zu arm! Außerdem:

Als künftiger Line-Partner muss ich ja schließlich unseren Honigmond finanzieren! Nur völlig abgerissene Deppen quatschen von der Unwichtigkeit gültiger Geldscheine[36]. Und mehr: Diesmal bist du auf dem Luxus-Dampfer eingeladen. Nie mehr Zwischendeck! Stopf in dich rein und trink, was du kannst!" Liane, ganz philosophisch entgegnend:

„Das sind ganz neue Lebenswirklichkeiten, du gewaltlose, liebe, liebste Kopie von Lips Tullian[37]!" sagte sie errötend. Er entgegnete sofort: „Lips will nicht Bewunderer, sondern Nachfolger!"

---

[36]Der zitatenfeste Hörstel hatte mit seinen Worten den amerikanischen Zeitungsverleger Edgar Watson Howe (1853-1937) immitieren wollen: „Sagt ein Mann: „Mit Geld kann man nichts erreichen", dann ist eins klar: Er hat keins."
[37]Tullian, Lips: Pseudonym eines legendären Räuberhauptmanns, welcher 1715 in Dresden enthauptet wurde.

„Der Bewunderer ist nur die billige Volksausgabe des Nachfolgers[38]". Hörstel liebte diese Frau!

Er wusste in diesem Augenblick nicht, was er an ihr mehr liebte: ihre schlagfertige Belesenheit oder ihren wertvollen Hintern. „Iss jetzt!", meinte er. Liane: „Essen gerne. Essen immer! Werde wohl sackfett werden ... Ich werde nicht mehr trinken. Kein Bier. Durchaus nicht mehr! Überhaupt nicht! Ich habe da gehörig von mir die Schnauze voll. Ich war ein dummes Mädchen! Immer ging ich die schmalen Pfade und die anderen latschten auf der breiteren Straße. Immer verglich ich mich mit *„denen"*. Wirklich! Aber Vergleich ist immer das Ende des Glücks[39]! Und ich habe jetzt *Dich*, Robert, Robby! Ich habe doch dich! Dich! Ja, es gibt hier ein *happy end"*. **„Sogar für uns beide!"**

Und wirklich - diese moralisch durchaus nicht einwandfreie Spinn-Geschichte endet indes nicht mit Verzicht und Nacht, sondern mit hellem Tag und Liebe. Jetzt aber abgeblendet!

Ende

---

[38]Kierkegaard, Sören (1813-1855), dänischer Philosoph, religiöser Autor. In dem Zitat ist statt Christus der Name des Räuberhauptmanns eingefügt.
[39]„Das Vergleichen ist das Ende des Glücks und der Anfang der Unzufriedenheit." Sören Kierkegaard.

Der Autor:

-1965 in Rudolstadt geboren

-studierte in der Wendezeit in Leipzig Museologie

- über Jahre Museumsleiter eines Thüringer Stadtmuseums

-Promotion über ein sepulkralhistorisches Thema

-wohnt seit 23 Jahren in einem mit Antiquitäten vollgestopften, knapp 400 Jahre alten Bürgerhaus in Rudolstadt, viele Veröffentlichungen in historischer Periodika und Heimatliteratur

-seit 2018 Veröffentlichung von Novellen und Erzählungen